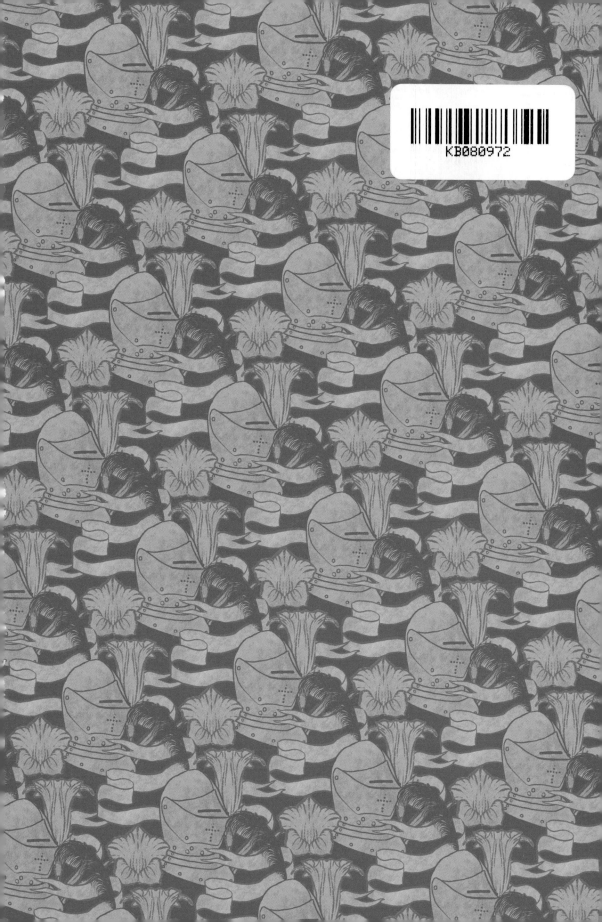

HÉROS, PRINCES & CHEVALIERS

영웅, 왕자 그리고 기사

다 알지만 잘 모르는 이야기

나로 하여금 검을 쥐듯 손에 붓을 쥐게 하고,
방패를 들듯 손에 종이를 들게 하는
영웅, 왕자 그리고 기사에게.

– 조제프 베르노

글·그림 **조제프 베르노**

정식으로 미술 학교를 다니지 않고, 혼자 책을 읽으며 공부했다. 초등학교 교사로 일하던 2012년, 작가 낭시 페냐를 만나 출판의 세계에 발을 들였다. 《끔찍한 이야기와 헨젤과 그레텔의 피 묻은 운명》에 낭시 페냐와 공동으로 삽화를 그렸고, 이어서 《끝없는 이야기》의 삽화를 홀로 작업했다. 19세기 삽화의 황금시대를 재현하려고 노력한다. 미술 공예 운동, 신예술(아르누보)과 이슬람, 일본 혹은 러시아 장식 미술에 관심이 많아 그 신비한 매력을 삽화를 통해 보여 주고 있다.

옮김 **최정수**

연세대학교 불어불문학과와 같은 대학교 대학원을 졸업하고 전문 번역가로 활동하고 있다. 《캔터빌의 유령》, 《지킬 박사와 하이드》, 파울로 코엘료의 《연금술사》, 《오 자히르》, 《마크툽》, 아멜리 노통브의 《아버지 죽이기》, 아니 에르노의 《단순한 열정》, 기 드 모파상의 《기 드 모파상 : 비곗덩어리 외 62 편》 등 다수의 책을 우리말로 옮겼다.

HÉROS, PRINCES & CHEVALIERS

영웅, 왕자 그리고 기사

다 알지만 잘 모르는 이야기

글·그림 조제프 베르노 | 옮김 최정수

지학사아르볼

차례

역사 그리고 이야기

전래의 기사들

원탁의 전설

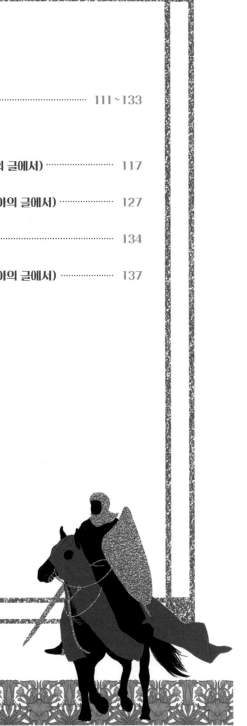

역사 그리고 이야기

기사는 명예, 용기, 헌신을 중시하는 매우 영웅적인 사람들입니다. 세월이 많이 흐르면서 기사는 우리 주변에서 자취를 감추었지만, 기사의 이미지는 고귀함을 갈망하는 우리의 마음속에 아직도 깊이 남아 있지요. 기사들에 관한 전설은 실제로 일어난 역사적 사실과 우리 상상 사이의 경계를 넘나들면서 유럽 역사에 전해 내려옵니다. 예를 들어 옛날 영국에 실존했던 인물들과 맞서는 기사 아이반호는 사실 순전히 만들어 낸 허구의 인물입니다. 용감한 롤랑과 바야르는 중세 프랑스의 기반을 다진 인물이지만, 전해 오는 그들의 무훈◆은 분명 상식의 한계를 벗어납니다. 어찌 됐든 우리는 기사들의 이야기를 재미있게 읽으면 되겠지요?

◆ 무훈 군사상의 공적

롤랑의 노래

샤를마뉴 대제는 이슬람 세력이 다스리는 에스파냐에서 7년 동안 전쟁을 벌이고 있었다. 모든 도시의 사라센인들을 공격했다. 샤를마뉴 대제의 군대에 항복하지 않은 도시는 이제 딱 한 곳뿐이었다. 바로 사라고사였다. 에스파냐 왕 **마르실**은 회의를 열었다.

사실 마르실왕은 걱정이 많았다. 프랑크 왕국의 황제 샤를마뉴가 머지않아 방어선을 무너뜨리고 에스파냐를 정복하리라는 것을 잘 알고 있었기 때문이다. 지략이 뛰어난 고문관 **블랑캉드랭**이 금과 보석 그리고 인질 몇 명을 프랑크 왕국 진영에 보낸 다음, 그들이 에스파냐 땅에서 물러가기로 약속해 준다면 우리가 모두 기독교로 개종하겠다고 말해 그들을 안심시키자고 제안했다. 마르실왕은 이 묘안이 마음에 들었고, 서둘러 블랑캉드랭을 프랑크 왕국 진영에 보냈다. 블랑캉드랭이 코르드레스시에 가 보니, 샤를마뉴 대제는 제후들 그리고 그를 수행하는 기사들에 둘러싸여 있었다. 모두 휴식을 취하는 중이었다. 그중에는 **올리비에**, **삼손 공작**, **조프루아 당주**, **지라르드 루시용**, 미남자 **가늘롱**, 그리고 샤를마뉴 대제가 사랑하는 조카 **롤랑**도 있었다.

블랑캉드랭이 이야기를 시작했고, 모두가 그의 이야기에 귀 기울였다. 샤를마뉴 대제는 무척 경계하고 주의 깊은 태도를 보였다. 그는 사라센

측 사자◆인 블랑캉드랭의 거짓된 이야기를 묵묵히 듣기만 했다. 예전에 **비장 백작**과 **바지유 백작**도 화약◆을 맺기 바로 직전 목을 내놓는 것으로 불충한 행위의 대가를 치렀으니 말이다.

뭔가 짚이는 것이 있는 듯, 롤랑이 가장 먼저 입을 열었다.

"폐하! **마르실**의 계략에 또 넘어가선 안 됩니다! 그보다는 군대를 보내 성을 포위 공격하여 사라고사를 온전히 폐하 것으로 만드셔야 합니다. 이 뱀 같은 자의 이야기는 더 들을 필요도 없습니다!"

옆에 있던 **가늘롱**이 이 기회에 왕 앞에서 롤랑을 망신 주기로 마음먹고 끼어들었다. 가늘롱은 롤랑의 의붓아버지로, 오래전부터 롤랑에 대한 미움을 남몰래 키워 오고 있었다.

"폐하, 자만심과 혈기에 눈먼 이 철면피의 말은 귀담아듣지 마십시오! 지금은 자비심을 보여 주셔야 할 때입니다. 일단 사자를 선발해 사라고사에 보내십시오."

샤를마뉴 대제는 가늘롱의 의견을 수긍했다. 그러나 누구를 보내면 좋을까? 열두 명의 중신 중 한 명에게 그런 위험한 임무를 맡겨 파견한다는 것은 안 될 말이었다.

고민에 빠진 샤를마뉴 대제는 사자 선발하는 일을 자신의 기사들에게 맡겼다. 그러자 롤랑이 말했다.

"가늘롱만큼 지혜로운 사람은 없습니다. 그가 사라고사에 맞서 우리를 방어해 줄 것입니다!"

◆ **사자** 명령이나 부탁을 받고 심부름하는 사람
◆ **화약** 화목하게 지내자는 약속

샤를마뉴 대제도 가늘롱을 사자로 보내는 안이 마음에 들었다.

상황을 눈치챈 가늘롱은 분노와 두려움에 사로잡혀, 튜닉◆ 위에 걸치고 있던 담비 가죽을 벗어 바닥에 내던졌다. 그런 다음 롤랑을 나무랐다.

"자네 지금 제정신인가? 장담하는데 자네의 이 수작에 대해 내가 기필코 복수할 거야!"

"그렇게 말해 봐야 소용없습니다. 저라면 군말 없이 받아들이고 적진으로 가겠어요."

롤랑이 침착하게 자신의 의견을 밝혔다.

"당치 않은 소리! 나는 자네의 신하가 아니고, 자네도 나의 군주가 아니지 않나. 우리의 왕께서 결정하실 걸세. 그렇게 하는 것이 옳아!"

두 사람의 논쟁이 끝나자, **샤를마뉴** 대제가 **가늘롱**에게 장갑을 내밀었다. 그러나 가늘롱은 롤랑에 대한 분노가 여전히 사그라지지 않아 장갑을 얼른 받지 않았고, 그 바람에 장갑은 그대로 바닥에 떨어졌다. 사자 파견이 임박한 상황에서 그것은 불길한 전조였다. 장갑을 받아 드는 것은 경의의 표현이고, 장갑을 땅에 던지는 것은 도발을 뜻했기 때문이다.

결국 가늘롱은 사자의 임무를 띠고 출발했다. 도중에 **블랑캉드랭**이 그와 합류했다. 그가 사라고사까지 가늘롱을 호위할 예정이었다.

"황제께서도 이제 연세가 드셨습니다. 하지만 정복에 대한 욕심은 수그러들지 않고 있어요. 이 전쟁이 과연 언제 끝날지 궁금합니다."

블랑캉드랭이 한숨을 내쉬며 말했다.

◆ **튜닉** 군복 외의 간단하게 입는 짧은 상의

"롤랑이 황제의 귀에 권력과 정복에 대한 미친 생각들을 속삭대지만 않았다면, 전쟁은 벌써 오래전에 끝났을 거요."

불충한 가늘롱이 대꾸했다.

이후 두 남자는 이야기를 나누지 않았지만, 그들의 악한 마음속에는 하나의 계획이 윤곽을 잡아 가고 있었다. 여러 날 동안 말을 달린 끝에, 마침내 그들은 **마르실왕**의 궁정에 도착했다. 마르실왕은 예의를 갖춰 정중한 태도로 가늘롱을 맞이했다.

가늘롱은 오는 길에 **블랑캉드랭**에게 한 이야기를 마르실왕에게도 그대로 했다. 마르실왕은 가늘롱의 예상과 같은 반응을 보였다.

"그렇다면 그 롤랑이라는 자를 제거해야겠군. 하지만 강력한 **샤를마뉴** 황제의 보호를 받고 있는 기사를 어떻게 해야 무너뜨릴 수 있겠소?"

가늘롱은 의붓아들에게 복수할 기회를 재빨리 낚아챘다.

"우선 선물을 안겨 **샤를마뉴**의 경계심부터 잠재워야 합니다. 프랑크 왕국 병사들은 계속된 전쟁과 박한 보수에 지쳐 있으니, 왕께서 인심을 베푸시면 현혹될 겁니다! 경계심이 풀리면 샤를마뉴는 본국을 향해 출발할 테고, 롤랑과 그의 친구 **올리비에**가 이끄는 후위대가 그 뒤를 따를 겁니다."

마르실왕이 옥좌 깊숙이 몸을 묻으며 부드러운 어조로 말했다.

"계속 이야기해 보게, **가늘롱** 경."

"샤를마뉴 황제는 피레네산맥을 넘기 위해 롱스보 고개를 지나갈 겁니다. 거기에 **롤랑**과 **올리비에** 휘하의 후위대 2만 명을 배

치할 것이고요. 병사 10만 명을 동원해 그 부대를 공격하십시오. 반드시 승리
할 겁니다!"

마르실왕은 매우 흡족해하며 가늘롱에게 후한 상을 내렸다. 가늘롱은 마르
실왕이 내린 상을 모두 받아 배신을 마무리 지었다.

샤를마뉴 대제에게 돌아간 가늘롱은 마르실왕과 면담한 이야기를 전했다.
샤를마뉴 대제는 가늘롱의 비열한 속내를 추호도 의심하지 않은 채, 일이 성공
적으로 마무리되었다고 여겨 기뻐했다. 그는 지휘관들에게 당장 프랑크 왕국
으로 돌아갈 채비를 하라고 명령했다.

다음 날, 프랑크 군대는 행군을 시작했다. 저 멀리 롱스보 고개가 보이자, 샤
를마뉴 대제가 지휘관들에게 물었다.

"충성스러운 제후들이여, 그대들 중 누가 후위대를 맡겠는가?"

가늘롱에게는 그동안 꿈꿔 오던 작전을 실행에 옮길 절호의 기회였다.

"제 의붓아들 롤랑이 적임자입니다. 용맹함에서는 그와 비길 자가 없으니
말입니다!"

샤를마뉴 대제는 가늘롱의 조언을 물리치려 했다. 자신이 총애하는 롤랑의
안위가 걱정되었기 때문이다. 그러나 롤랑은 이미 벌떡 일어서 있었다. 롤랑
은 가늘롱이 무슨 계략을 꾸미고 있는 게 아닌가 의심하면서도 후위대 지휘
를 수락했다.

샤를마뉴 대제와 신하들은 별다른 사고 없이 피레네산맥을 넘었다.
롤랑과 그가 이끄는 후위대는 롱스보 고개에 뒤처져 프랑

크 군대 전체를 지켰다. 마르실왕의 조카가 이끄는 10만 병력이 그들을 뒤쫓고 있다는 사실은 알지 못했다. 자신들에게 크나큰 위험이 닥쳐오고 있다는 것을 까맣게 모르고 있었다.

바위투성이의 곶◆에서 보초를 서던 **올리비에**가 멀리서 사라센 병사들이 다가오는 것을 보았다. 그들의 호사스러운 갑옷이 햇빛을 받아 번쩍였다.

올리비에는 **롤랑**에게 달려가 헐떡이며 외쳤다.

"적들이 오고 있네! 우리보다 훨씬 많아! 어서 뿔피리를 불게나! 그러면 폐하께서 그 소리를 듣고 군대를 이끌고 달려와 우리를 구해 주실 거야!"

그러나 롤랑은 두려움에 휘둘리지 않고 이렇게 대답했다.

"아니, 그것은 명예를 포기하는 행동일 뿐만 아니라, 사악한 **가늘롱**에게 명분을 제공하는 일이네. 난 결코 그러지 않겠어!"

올리비에가 계속해서 롤랑을 설득했지만 소용없었다. 롤랑의 의지는 무척이나 강경했다. 결국 올리비에는 체념하고 물러났다. 그리고 병사들을 집합하게 한 후 다가올 위험에 대비시켰다.

이런 갈등이 있긴 했지만, 올리비에와 롤랑은 마음을 합쳐 용감하게 싸웠다. 롤랑은 그가 자랑스러워하는 검 **뒤랑달**을 손에 들고 연거푸 휘둘렀다. 그의 주위에서 말들이 픽픽 쓰러지고, 보석 박힌 투구들이 쩍쩍 갈라지고, 갑옷들이 부서지고, 피가 사방으로 튀었다. 하지만 밀려오는 적군의 물결은 끝이 없었고, 롤랑 휘하의 병사들은 지쳐 가기 시작했다.

자부심 넘치는 롤랑이었지만 결국 굴복할 수밖에 없었다. 롤랑은 결코 불

◆ **곶** 바다 쪽으로 뾰족하게 뻗어 나온 육지

지 않겠노라 맹세했던 뿔피리를 입에 갖다 댔다. 옆에서 올리비에가 씁쓸한 표정으로 말했다.

"이제 너무 늦었네! 왜 아까 내가 말했을 때 뿔피리를 불지 않았나! 자네의 무모한 자부심 때문에 우리 병사들이 너무도 많이 희생되었네! 이제 우리도 신분에 걸맞은 위엄 있는 자세로 죽음을 맞이해야 하네. 무슨 방법을 써도 죽음이 우리를 덮치기 전에 폐하께서 우리를 구하러 오시지는 못할 걸세."

올리비에의 한탄에도 불구하고, **롤랑**은 뿔피리를 불었다. 산의 메아리가 뿔피리 소리를 멀리 전했고, 마침내 그 소리가 **샤를마뉴** 대제의 귀에 다다랐다.

"롤랑이 구원 요청을 하고 있어!"

샤를마뉴 대제가 외쳤다. 그러자 그의 곁에 찰싹 붙어 있던 **가늘롱**이 이렇게 말했다.

"그럴 리가요. 폐하께서는 저만큼이나 롤랑을 잘 아시지 않습니까. 자부심이 워낙 강해서 누군가에게 도움을 요청할 사람이 아닙니다. 아마도 사냥을 하는 중이겠지요. 그래서 피리를 불었을 겁니다!"

주위에 있던 다른 제후들도 고개를 끄덕여 수긍의 뜻을 표했다. 샤를마뉴 대제와 수행원들은 논의를 마무리 짓고 가던 길을 계속 갔다. 하지만 뿔피리 소리는 세 번이나 더 울려 퍼졌다. 그들은 다시 한 번 멈춰 섰다. 이번에 들린 뿔피리 소리는 산토끼나 자고새를 뒤쫓기 위한 것이 아니라, 사라센 군대와 싸우기 위한 것이라는 확신에 가까운 짐작이 들었다.

그러는 동안 롱스보 고개에서는 **올리비에**가 사라센 군대에 항복했다. 롤랑

은 전투에서 입은 여러 부상 때문에 몸에서 피가 많이 빠져나가, 작은 힘조차 그러모을 수 없는 지경이었다. 롤랑의 심장이 슬픔으로 조여들었다.

롤랑은 무척 아끼는 검 **뒤랑달**을 집어 들고 그 검의 아름다움을 마지막으로 감상했다. 자루 끝에 새겨진 성유물◆ 때문에라도 사라센인이 그 검을 탈취해 가도록 내버려 둘 수는 없었다. 롤랑은 칼날을 부러뜨리려고 검을 높이 들어 올렸다가 바위에 내리쳤다. 그러나 바위가 두 동강 나고, 칼날은 이조차 빠지지 않은 채 찬란하게 번득였다. 한 번 더, 다시 한 번 더 칼날을 내리쳤다. 그러나 칼날은 여전히 부러지지 않았다. 포기할 수밖에 없는 상황이었다. 롤랑은 죽음이 덮쳐 오는 것을 느끼며 에스파냐 땅이 보이는 나무 밑에 길게 누웠다. 뿔피리와 뒤랑달이 그의 곁에 놓였다. 그는 그렇게 전우들의 시신에 둘러싸인 채 숨을 거두었다. 사람들은 이때 **성 미카엘**, **케루빔**, 그리고 **성 가브리엘** 천사가 와서 **롤랑**의 영혼을 천국으로 데려갔다고 말한다.

마침내 롱스보 고개에 도착한 **샤를마뉴** 대제는 몹시 침통한 광경을 마주했다. 늙은 황제는 부하들의 시신을 성큼성큼 뛰어넘으며 사랑하는 조카를 찾아 헤맸다. 그리고 마침내 나무 밑에 누워 있는 그의 시신을 발견하고는 오랫동안 목 놓아 울었다. 제후들이 그를 둘러싼 채 침묵 속에서 그 광경을 지켜보았다.

사라센 군대는 적장의 죽음 앞에서 예의를 갖춰 침묵을 지키지 않고, 공격을 재개할 채비를 하며 웅성거렸다. 그래서 롤랑의 시신을 그 자리에 내버려 두고 무기들만 수습해 얼른 자리를 떠야 했다. 얼마 지나지 않아, 무기들이 부딪치는 요란한 소리가 근처의 고개들에 다시 울려 퍼졌다. 전투는 밤까지 계속

19

◆ **성유물** 기독교에서, 예수 또는 성인의 자취나 기적과 관련된 여러 가지 유물

됐다. **샤를마뉴** 대제는 천사 가브리엘의 인도를 받아 사라센 군대에 가차 없이 맞섰다. 신의 보호 아래 단단히 무장하고 적들을 쳐부쉈다. 남아 있던 사라센 병사들이 달아났다. 패전 소식을 들은 **마르실왕**은 절망에 빠져 시름시름 앓다가 숨을 거두었다. 이렇게 해서 샤를마뉴 대제는 자신이 바라던 대로 사라고사를 손에 넣었다. 롤랑의 죽음은 결코 헛되지 않았다.

샤를마뉴 대제는 프랑크 왕국으로 돌아가 블레에서 롤랑과 **올리비에**의 장례를 치러 주었다. 그런 다음 다시 수도인 엑스라샤펠로 갔다. 성의 정문을 넘어서자마자 **오드**라는 이름의 우아한 아가씨가 그를 향해 달려왔다.

"폐하, 롤랑은 전쟁을 마치고 돌아오는 대로 저를 아내로 맞아들이기로 약속했습니다. 그런데 왜 그와 함께 돌아오시지 않은 겁니까? 제 오라비 올리비에는 또 어디에 있고요?"

샤를마뉴 대제는 무거운 마음으로 침묵을 지켰다. 그것으로 오드는 연인이 맞이한 비통한 운명을 충분히 알아차릴 수 있었다. 샤를마뉴 대제가 그녀를 위로하기 위해 자신의 친아들 **루이**와 결혼하라고 권했지만 오드는 사양했다.

결국 오드는 슬픔을 이기지 못해 몸이 뻣뻣이 굳은 채 황제의 발밑에 쓰러져 죽었다. 또 한 사람이 무고하게 목숨을 잃은 것이다. **가늘롱**에게 벌을 내려야 했다. 가늘롱은 며칠 전부터 차꼬*에 매여 있었지만, 혈기가 전혀 사그라지지 않은 상태였다. 자기는 황제를 배반하려 한 것이 아니라, 자신을 고통스럽게 한 **롤랑**에게 복수한 것뿐이라고 줄기차게 주장했다. 가늘롱의 사악한 주장이 먹혀들어 많은 제후들이 그의 주장에 일리가 있다고 생각했고, 샤를마뉴

◆ **차꼬** 죄수를 가두어 둘 때 쓰던 기구

대제에게 자비를 요청했다. 하지만 **조프루아 당주**의 형제인 **티에리**가 나아와 이렇게 말했다.

"롤랑이 어떤 잘못을 했든, 그를 배반하는 것은 곧 우리의 황제를 배반하는 것입니다. 저는 가늘롱을 사형에 처해야 한다고 생각합니다. 이 결정에 반대하는 사람은 목숨으로 대가를 치러야 할 겁니다!"

피나벨이라는 자가 반대하고 나섰고, 도시 아래쪽 평원에서 그와 티에리 사이에 결투가 벌어졌다. 결투는 오랫동안 계속되었다. 마침내 티에리가 피나벨을 누르고 승리를 거두었다. 가늘롱은 능지처참을 당하고, 그에게 가담한 제후들은 교수형을 받았다.

이렇게 해서 롤랑의 전설이 탄생했다.

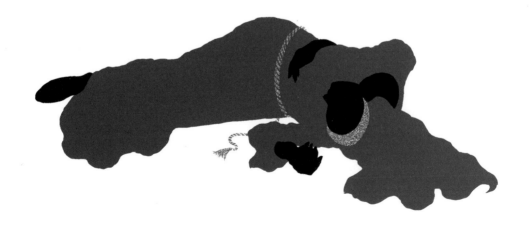

11

아이반호

이것은 먼 옛날 영국의 넓고 아름다운 골짜기 지역에서 일어난 일이다. 12세기 후반 영국을 다스리던 리처드 1세가 오스트리아 공작에게 포로로 붙잡혔다가 극적으로 풀려난 일에 관한 이야기이다. 온갖 압제*에 시달리느라 절망에 빠져 있던 백성들이 몹시 바라던 일이었다. 처음에는 아무도 **리처드 1세**가 붙잡혀 있는 장소를 알지 못했다. 왕위가 비자, 과거의 자유를 되찾은 영주들이 세력을 확장하려고 애썼다. 저마다 리처드 1세의 옥좌를 차지하려고 음모와 계략을 꾸몄고, 정치적 혼란이 가중되었다. 색슨 지방의 강력한 영주 **세드릭**이 이 기회를 틈타 노르만인들에게서 권력을 되찾아 오기로 결심했다. 그는 왕국 북부 색슨 지방 주민들에게 무척 존경받는 **애설스탄 더 코닝스버그**와 동맹을 맺었고, 자신이 영국의 수장이 되도록 아들 **아이반호**가 도와주기를 기대했다.

◆ **압제** 권력이나 폭력으로 남을 꼼짝 못하게 만듦

25

그러나 **아이반호**는 아버지 세드릭을 돕지 않았다. 화가 난 세드릭은 아이반호를 변두리 지역으로 유배 보냈다. 그때 리처드 1세의 동생인 **존 공**이 세드릭보다 더 무시무시한 계획을 세우고 있었다. 존 공은 **사자왕 리처드**가 가장 두려워하는 프랑스 군주와 동맹을 맺고, 리처드 1세를 포로로 붙잡고 있는 오스트리아 공작에게 영향력을 행사했다. 그 당시 영국 백성들은 궁핍에 시달리고 있었다. 용감한 자들은 무리를 이루어 울창한 숲속에 몸을 숨긴 채 압제적인 영주들에게 저항했다. 혼란과 궁핍이 점점 심해지는 가운데, 가난한 사람과 부유한 사람을 가릴 것 없이 큰 전쟁이 일어날 듯한 조짐에 모두 무척 불안해했다.

한편 레스터 백작령의 애시비에서 기사들의 결투 시합이 열렸다. 명성 높은 기사들이 존 공이 지켜보는 앞에서 결투를 벌일 예정이었다. 존 공은 그 시합을 통해 명분을 얻으려 했다. 다양한 신분의 수많은 사람들이 그 결투를 구경하기 위해 아침부터 결투장으로 달려왔다. 그 모습이 엄청난 장관을 이루었다.

애시비 도심에서 1마일도 떨어지지 않은 숲 가장자리에 아름다운 잔디 평원이 넓게 펼쳐져 있었다. 그곳에 널찍한 울타리를 세워 결투장을 마련했다. 조금 떨어진 곳에는 붉은색과 검은색 깃발들로 장식한 멋진 정자 다섯 채를 만들었는데, 정자 앞에는 그 정자를 사용할 기사의 가문◆이 매달려 있었다. 결투장 한가운데에 왕족이 앉을 관람석이 있고, 거기에 존 공의 자리가 마련되어 있었다. 그 맞은편에는 나라 안에서 가장 잘생기고 아름다운 시동◆과

◆ **가문** 한 가문을 나타내기 위하여 사용하는 상징적인 표시
◆ **시동** 심부름하는 아이

아가씨들이 있었다. 그들은 정자와 같은 색으로 장식된 특별 좌석을 둘러싸고 있었다. '미와 사랑의 여왕'이라고 새겨진 반짝이는 글씨가 그 자리가 특별석임을 만천하에 알려 주었다. 그러나 아무도 그 좌석의 주인을 짐작하지 못했다.

사람들이 사방에서 몰려와 자기 신분에 걸맞은 자리 혹은 자신이 원하는 자리를 차지하려고 서로 밀어 댔다. 부르주아와 귀족에게 배정된 구역에서 다툼이 벌어졌다. 다들 결투 장면이 가장 잘 보이는 자리를 차지하려고 몸싸움을 벌였다.

"이런 못된 불신자 같으니라고!"

목에 건 금목걸이를 보면 귀족 같지만, 닳아 빠진 튜닉을 입은 것으로 보아 가난한 형편임이 틀림없는 한 노인이 외쳤다.

"어찌 감히 기독교 신자이자 몽디디에의 혈통을 이어받은 노르만인 신사에게 몸을 부딪치느냐?"

그 악의에 찬 욕설은 키 크고 야윈 유대인 노인 **아이작**을 향한 것이었다. 유대인들은 많은 돈을 조달해야 하는 영주들에게 반드시 필요한 존재였지만, 귀족

들의 미움과 박해를 받았다. 아이작은 존 공의 주요 채권자✦ 중 한 명으로, 자신의 딸인 **레베카**를 위해 관람석 첫째 줄에 앉으려고 애쓰던 중이었다. 어쨌든 그는 왕실의 보호를 받는 사람이었다. 한편 **존 공**은 방금 도착해 결투장 안을 이리저리 뛰어다니다가, 아이작의 아름다운 딸 레베카를 보며 흡족해하고 있었다.

레베카의 매력은 영국에서 가장 콧대 높은 미인들의 매력에 뒤지지 않았다. 터번 모양의 노란 실크 모자가 그녀의 가무잡잡한 피부, 풍성한 검은 머리와 완벽하게 조화를 이루었다. 그녀에게 매혹된 **존 공**은 **세드릭 더 색슨** 가족과 **애설스탄 더 코닝스버그** 가족에게 **아이작**과 레베카를 위해 자리를 내주라고 명했다. 애설스탄은 존 공의 명령에 어리둥절한 표정이었다.

"이 색슨의 돼지치기가 잠이 들었나, 아니면 내 말을 귀담아듣지 않은 건가. **브레이시**, 그대의 창으로 이 사람을 좀 찔러 보게."

애설스탄이 가만있자, 존 공이 짜증을 내며 옆에 있던 기사 브레이시에게 말했다.

브레이시가 머뭇거리는 사이, 세드릭이 번개처럼 칼집에서 검을 뽑아 들어 브레이시의 창을 단칼에 부러뜨렸다. 망신을 당한 존

✦ **채권자** 빚을 받아 낼 권리를 가진 사람

공의 얼굴이 붉어졌다. 존 공은 아이작 노인에게 관람석으로 가서 앵글로색슨 귀족들 사이에 앉으라고 했다. 그런 다음 세드릭을 응시하며 덧붙였다.

"누가 감히 저 사람을 막을지 어디 지켜봅시다."

하지만 세드릭은 아이작 노인을 거꾸로 들어 던져 버리고 싶다는 표정이었다.

사실 이 일은 **부폰 왐바**에 의해 예고된 참사였다. 아이작 노인과 앙숙인 부폰 왐바가 망토 밑에서 돼지고기 햄을 꺼냈다. 종교적 이유로 돼지고기를 혐오하는 아이작 노인은 그것을 보고 움찔해서 물러나다가 균형을 잃고 계단에서 데굴데굴 굴렀다. 그 모습을 본 관중은 즐거워하며 큰 소리로 웃음을 터뜨렸다.

아이작 노인이 관중의 야유를 받은 반면, 존 공은 방금 보여 준 정중하고 명예로운 결정으로 사람들의 환호를 받았다. 하인들이 둘러싼 좌석에 앉은 존 공이 결투 규칙을 발표하라고 명했다. 시합은 여러 날 동안 계속될 예정이었다. 시합에 참여한 모든 기사들이 호화로운 관람석에 앉은 귀족들 앞에서 훌륭한 무예 솜씨를 보여 주는 것은 물론, 용맹함도 마음껏 과시해야 했다. 사흘째 되는 날에는 활쏘기, 투우, 그리고 백성들의 즐거움을 위해 특별히 고른 다양한 오락거리들이 진행될 예정이었다. 존 공은 이런 행사를 통해 백성들의 인기를 얻어 권력에 더 가까이 다가가려 했다.

군사들이 "신사적인 기사들이여, 실력을 아낌없이 발휘하시오!"라는 관례적인 외침으로 결투 규칙 발표를 마쳤다.

그러는 동안 결투에 참여할 기사들이 모여들어 결투장 북쪽 끝을 가득 채웠다. 기사들은 결투 상대인 존 공 휘하의 다섯 기사에 맞서 자신의 무예 솜씨를 보여 주려는 열의에 불타고 있었다.

운명의 지목을 받은 기사들은 화려하게 무장한 채 결투장 안으로 전진했고, 울타리 안 깊숙한 곳에 정렬했다. 이윽고 다섯 기사가 각자의 정자에서 나와 말을 타고 달려왔다. 그리고 **브라이언 드 부아길베르**의 인도에 따라 결투장에 내려, 각자 자신의 방패를 건드린 기사가 있는 방향을 마주하고 섰다.

팡파르와 종이 울리자, 그들은 서로를 향해 빠른 속도로 달려갔다. 부아길베르, **말부아쟁**, **프롱드뵈프** 등 다섯 기사는 그들에게 도전한 기사들에 비해 무예 솜씨가 탁월하고 운도 좋았다. 그들은 결투장 안을 훨훨 날았다. 그들이 승리하여 각자 자신의 정자로 돌아갔고, 패자들은 힘겹게 몸을 일으킨 뒤 수치스럽고 낙심한 마음으로 그들의 무기와 말의 몸값에 타격을 준 승리자들에게 인사를 하러 갔다.

아까와 비슷한 수의 기사들이 두 번, 세 번 결투장 안으로 들어왔다. 그러나 그들 역시 다섯 기사를 상대로 승리를 거두지 못했다. **존 공**은 성대한 연회를 베풀고 **브라이언 드 부아길베르**에게는 상을 내리라고 지시했다. 그가 창을 던져 단번에 기사 두 명을 넘어뜨리고 세 번째 기사마저 물리쳤기 때문이다. 바로 그때, 멀리서 결투 신청을 알리는 나팔 소리가 들려왔다. 모든 사람의 눈길이 새로운 기사에게 쏠렸다. 시간 맞춰 울타리가 열렸고, 결투를 신청한 기사가 결투장 안으로 들어왔다.

사람들은 갑옷과 완전 무장을 갖춘 건장한 남자가 들어올 거라고 예상했지만, 실제로 들어온 남자는 중간이 조금 넘는 키에 건장하기보다는 날씬한 체형이었다. 그가 입은 강철 갑옷에는 금장식이 박혀 있었고, 어린 떡갈나무로 만든 방패에는 '불운하다'라는 뜻의 에스파냐어 '데스디차도(desdichado)'가 새겨져 있었다. 멋진 흑마를 탄 그 기사는 결투장을 가로질러 와서는, 창을 내리며 우아한 자세로 부인들에게 인사했다. 자리에 있던 모든 사람이 놀란 가운데, 그는 자신의 흑마를 중앙 정자 쪽으로 보내고는, 브라이언 드 부아길베르의 방패를 쇠창으로 두드려 소리가 울려 퍼지게 했다. 모두들 그 대담함에 경탄해 꼼짝 않고 있었다. 탁월한 무예 실력을 갖춘 무시무시한 기사라도, 정체를 알 수 없는 이 대담한 기사의 도전을 받고 자신의 능력을 제대로 보여 주기는 힘들 것 같았다.

"그런데 고해 성사는 했소, 형제여? 솔직히 말해 이제 그대의 목숨이 경각에 달렸는데, 오늘 아침에 미사는 드린 거요?"

부아길베르가 물었다.

"죽음에 대한 준비라면 내가 당신보다 더 잘되어 있을 겁니다."

불운한 기사가 대답했다.

"이방◆의 기사로서 목숨 걸고 이 결투에 참여했으니 말입니다."

"결투장 안에 자리를 잡으시오! 그리고 마지막으로 태양을 한번 올려다보시게나. 오늘 밤 그대는 천국으로 갈 테니."

부아길베르가 말했다.

◆ **이방** 풍속이나 습관 따위가 다른 지방

그러자 **불운한 기사**가 대꾸했다.

"당신의 정중한 충고에 감사드리는 의미에서, 더 기운 좋은 말을 타고 새 창을 들기를 권합니다. 내 명예를 걸고 말하는데, 당신에겐 그 두 가지가 반드시 필요할 테니 말입니다!"

브라이언 드 부아길베르는 화가 났지만, 기사의 의견을 무시하지는 않았다. 이 대담한 적수에 맞서 명예를 지키려면, 확실한 승리를 거두게 해 줄 그 무엇도 무시할 수가 없었기 때문이다. 부아길베르는 이미 여러 번 결투를 치른 자신의 말 대신, 힘과 패기가 넘치는 다른 말로 갈아탔다. 창도 이전의 결투에서 파손되었으므로 단단한 나무로 된 새 창으로 바꿔 들었다. 방패도 바꿨다. 손상된 방패는 한쪽으로 치우고, 해골을 발톱에 움켜쥔 채 하늘을 나는 까마귀가 그려져 있고 '까마귀를 조심하라!'라는 문구가 새겨진 새 방패를 시종으로부터 건네받았다. 두 기사가 결투장 양쪽 끝에 서로를 마주하고 서자, 관중의 긴장감이 최고조에 다다랐다. 불운한 기사가 이길 거라고 점치는 사람은 별로 없었다. 하지만 그의 용맹함과 정중한 태도는 많은 사람의 호의를 얻어 내고도 남았다.

나팔 소리가 나자마자, 두 기사는 번개처럼 빠르게 움직여 결투장 한가운데에 모였다. 그들의 창이 불꽃을 튀기며 손목 위에서 날아다녔다. 엄청난 충격에 두 기사 모두 말에서 떨어졌다. 말을 탄 진행자가 고삐와 박차♦를 이용해 그들을 다시 일어서게 했다. 그들은 면갑♦ 너머 불길을 쏘는 듯한 눈으로 서로를 잠시 바라본 뒤, 각자 뒤로 돌아 결투장 끝으로 가서는 하인들로부터

♦ **박차** 구두 뒤축에 달려 있는 물건으로, 말의 배를 차서 빨리 달리게 하는 데 쓰임
♦ **면갑** 투구 앞쪽에 달려 얼굴을 가리고 눈을 보호하는 장비

새 창을 건네받았다. 관중석에서 우레와 같은 함성이 터져 나왔다. 그들은 스카프와 손수건을 꺼내 흔들었다. 한목소리로 외치는 환호성이 그들이 이 결투에 보이는 지대한 관심을 증명해 주었다.

기사들은 다시 돌진했고, 같은 속도, 같은 솜씨, 같은 맹렬함으로 결투장 한가운데에서 만났다. 이번에는 첫 번째 공격 때와는 양상이 달랐다. 불운한 기사는 부아길베르의 투구를 겨냥했고, 부아길베르는 조준된 일격을 받고 말에서 떨어졌다. 사람과 말 모두 땅에 나뒹굴어 먼지구름이 일었다.

승자는 말에 그대로 탄 채 술 한잔을 요청했다. 그런 다음 "진실한 모든 영국인을 위해, 그리고 이방 전제 군주들의 혼란을 위해!"라고 말한 뒤, 투구를 쓴 상태로 술을 마셨다.

검은 갑옷을 입은 거대한 몸집의 **프롱드뵈프**가 나서더니, 자신과 기마창 시합을 하자고 제안했다.

불운한 기사는 프롱드뵈프에게서 작지만 결정적인 우위를 얻어 냈다. 두 기사의 창이 똑같이 부서졌다. 그러나 타격을 받고 발이 등자*에서 떨어졌던 프롱드뵈프가 열세인 것으로 판명되었다.

필리프 드 말부아쟁과 벌인 세 번째 대결에서도 미지의 기사는 여전히 기세가 좋았다. 그가 말부아쟁의 투구를 힘차게 내리치는 바람에 투구 끈이 끊어졌다. 투구를 잃지 않았다 해도 결국 땅에 쓰러졌을 테고, 말부아쟁 역시 다른 동료 기사들처럼 결투에서 졌다.

네 번째 대결에서는 **그랑메닐**과 싸우게 되었다. 불운한 기사는 이 대결에

◆ **등자** 말의 안장에 달아 말을 타고 앉았을 때 디디게 되어 있는 물건

서도 그때껏 보여 준 용맹함과 무예 솜씨는 물론, 정중한 태도까지 보여 주었다. 그랑메닐이 말을 다루느라 애를 먹어서 그 상황을 자신에게 유리하게 활용할 수 있었음에도, 그랑메닐에게 타격을 입히지 않고 한 번 더 기회를 주었다. 그랑메닐은 그 기회를 사양하고, 무예는 물론 태도에서도 자신이 패배했음을 깨끗이 인정했다. **랄프 드 비퐁**이 마지막으로 결투에 나섰다가 패배했다. 그는 세차게 바닥에 내동댕이쳐지는 바람에 심각한 부상을 입고 정신을 잃은 채 막사로 옮겨졌다.

존 공과 장군들은 만장일치로 **불운한 기사**에게 오늘의 영예를 돌렸고, 수천 관중은 환호성으로 그 결정을 반겼다.

기사의 얼굴을 확인하고 싶어 조바심이 난 두 명의 영주 **기욤 드 위빌**과 **에티엔 드 마르티발**이 가장 먼저 치하의 말을 하면서, 상을 받으러 **존 공** 앞으로 나아가기 전에 면갑을 올려 달라고 청했다.

그러나 불운한 기사는 기사다운 정중한 태도로 몸을 숙이며 자신은 정체를 밝힐 수가 없다고 대답했다.

자신의 다섯 기사가 모두 쓰라린 패배를 겪은 마당에 불운한 기사가 신분 밝히기를 거절하자 존 공은 기분이 상했다. 그는 누군가 승자의 이름과 신분을 알아내야만 승자에게 상을 내리겠다고 선언했다.

"**솔즈베리 백작** 아닐까요? 키가 비슷한 것 같습니다."

브레이시가 추측했다.

그때 수행원들 속에서 다음과 같은 소리가 들렸다. 누구의 목소리였을까?

그것은 알 수가 없었다.

"혹시 국왕 전하가 아닐까요? **사자왕 리처드** 말입니다."

"당치 않은 소리!"

존 공이 말했다. 하지만 이 말을 하는 그의 얼굴이 어느새 백지처럼 하얘졌다. 존 공은 번갯불에 데기라도 한 것처럼 자리에 주저앉았다.

그러고는 당혹감을 감추고 분위기를 바꿔 보려고 다음과 같이 덧붙였다.

"불운한 기사여, 그대가 이 시합에 나와서 승리한 이상, 우리는 그대에게 상을 수여할 것이오. 명예로운 묵주를 요구하고 받을 합당한 권리가 그대에게 있음을 알리는 바이오."

부인들이 자수가 놓인 손수건을 흔들고 다양한 신분의 관중이 경탄의 함성으로 하나가 되는 동안, 불운한 기사는 비틀거리며 결투장을 가로질렀다. 다들 놀라서 지켜보는 가운데, 기사는 정신을 잃고 쓰러졌다. 장군들이 가서 투구 끈을 자르고 목 가림판을 떼어 낸 뒤 그의 투구를 벗겼다. 투구가 완전히 벗겨지자, 햇볕에 그을렸지만 반듯한 스물다섯 살 청년의 이목구비가 드러났다. 짧고 숱 많은 금발이 얼굴 주위에 늘어져 있었다. 그 청년은 **아이반호**였다. 다들 깜짝 놀라 결투장이 찬물을 끼얹은 듯 조용해졌다.

세드릭은 유배 보냈던 아들이 갑자기 나타난 것에 충격을 받았다. 곧 사람들은 아이반호가 왼쪽 옆구리에 부상을 입은 것을 발견했다. 수차례의 결투로 체력이 고갈된 것도 있지만, 그 부상 때문에 극심한 고통을 느끼고 쓰러진 것이다. 그러나 생명이 위험할 정도는 아니었다.

잠시 후 정신을 차린 아이반호는 아버지 세드릭에게 자신이 **리처드 1세**와 함께 십자군 원정에서 돌아왔다고 말했다. 아이반호를 보호하던 리처드 1세도 얼굴을 가린 채 다른 기사들 속에 있었다. 아이반호의 용맹함과 뛰어난 무예 솜씨를 알게 된 리처드 1세가 그를 결투에 참여하도록 하였다. 그리고 아이반호로 하여금 자신의 동생 존 공에게 모욕을 주게 한 뒤, 그토록 갈망하던 옥좌를 되찾은 것이다.

아이반호가 용맹함과 무훈으로 크게 칭송을 받자, 세드릭을 비롯한 모든 영주들이 권력을 둘러싼 암투를 잊고 **사자왕 리처드**와 그의 용감한 기사에게 충성을 맹세했다.

기사 바야르

사람들은 **피에르 테라이 3세**, 즉 **바아르 기사**
를 '두려움 없고 나무랄 데 없는 기사'라고 불렀다.
1474년 그가 세상에 태어나자, 오베르뉴 지방 퐁샤
라의 초록빛 언덕에 눈부신 운명의 섬광이 비쳐 그의
이마에서 반짝였다.

피에르는 바야르 영주 **애몽**의 아들이었다. 어머니
엘렌 알망 드 라발은 그르노블 주교의 누이로 매우 경
건한 여성이었다. 피에르는 백 년 전쟁 때 세상을 떠난 고
귀한 조상들의 혼령이 어깨 뒤에서 지켜보는 가운데, 의무라
는 미덕과 양식의 보호 아래에서 어린 시절을 보냈다.

그는 칠 남매였는데, 맏이가 아니어서 바야르 가문의 영지를 물려받을 수
없었다. 그래서 성직의 길로 들어설지 아니면 군인이 될지를 신속히 결정해
야 했다. 피에르는 가문의 전통을 자랑스러워했으므로, 군인이 되겠다는 뜻
을 밝혔다. 외숙부인 그르노블 주교가 그가 건실한 교육을 받을 수 있도록
도와주었다. 열두 살
때 사부아 공작 **샤를**
1세의 시동으로 들어
가면서 그의 진짜 이
야기가 시작된다.

피에르는 무예에 대한 뛰어난 재능을 토리노에서 프랑스 궁정에 이르기까지 두루 증명했다. 그러던 중 그의 나이 열일곱 살 때 사부아 공작이 세상을 떠나자, 사부아를 떠나 **리니 백작 루이 드 뤽상부르**를 모시게 되었다.

얼마 지나지 않아 **피에르**는 어린 나이에도 불구하고 중요한 전투에서 뛰어난 무예 솜씨와 용맹함을 보여 주었고, 특히 이탈리아 전쟁에서 뚜렷이 두각을 나타냈다. **루이 11세**는 정복욕이 무척 강했고, 무엇보다 프랑스 왕국의 영토를 확장하기를 원했다. 하지만 그의 아들 **샤를 8세**는 이탈리아에서 전쟁을 벌이고 나폴리를 되찾을 용기가 없는 인물이었다. 프랑스군은 열정적으로 전쟁에 임했지만, 왔던 길을 되짚어 돌아가야 할 상황에 처했다. 그러던 중 포르노보 디 타로에서 이탈리아군의 기습 공격을 받았고, 아직 스무 살밖에 안 된 피에르의 기지 덕분에 가까스로 적군을 막아 낼 수 있었다.

피에르가 훌륭한 기사이자 보병이라는 소문이 그가 속한 부대 밖으로 빠르게 퍼져 나갔고, 그는 병사들이 사기를 북돋우기 위해 무훈을 이야기하는 영웅 중 한 명이 되었다. 장래가 기대되는 기사로서 한창 경력을 쌓을 때 아버지가 세상을 떠났고, 피에르는 바야르의 새로운 영주가 되었다. 이윽고 그의 제2의 아버지인 샤를 8세도 세상을 떠났다. 샤를 8세의 뒤를 이어 **루이 12세**가 왕위에 올랐다. 그는 나폴리 왕국을 요구했을 뿐 아니라, 과거 자신의 할머니 집안이 다스렸던 밀라노 공국까지 차지하려 했다. 그리하여 기사 **바야르**는 루이 12세를 보좌하며 다시 알프스산맥을 넘게 되었다.

프랑스군은 **루도비코 스포르차 공작**이 다스리던 밀라노를 쉽게 손에 넣

었지만 잠깐 동안이었다. 루도비코는 빠르게 군대를 재정비했다. 병사 수를 늘리고 장비도 보강했다. 치열한 전투가 재개되었고, 루도비코 공작은 결국 밀라노를 되찾았다.

전쟁에서 진 바야르는 포로 신세가 되었지만, 루도비코 공작은 그의 명예를 존중해 몸값을 받지 않고 멀쩡한 상태로 풀어 주었다. 하지만 프랑스는 목적을 달성하지 못했고, 바야르는 기사도적 양심에 상처 입는 일을 겪는다. **루도비코 공작**이 전투에서 패해 부하들을 잃고 포로 신세가 될 형편에 처했을 때, 바야르는 자비를 베풀지 않은 것이다. 바야르에게 자비를 베풀었지만 정작 루도비코 공작 자신에게는 그 자비가 주어지지 않았다. 어쨌든 이 전쟁 이후 평화기가 이어졌고, 그동안 바야르의 아내 **잔 테라이**는 나중에 기사가 될 아들을 잉태했다.

새로운 영토를 정복하려는 욕구가 늘 가득했던 **루이 12세**는 얼마 지나지 않아 평화기를 끝냈다. 에스파냐의 **페르디난드왕**과 나폴리 왕국을 양분하는 협정을 맺고 즉시 그곳에 군대를 파견한 것이다. 하지만 프랑스군과 에스파냐군은 오래지 않아 분열되었다. 바야르에게는 훗날 그의 가장 유명한 무훈으로 꼽히는 업적을 완수할 기회였다. 그는 카노사 디 풀리아 포위 공격 때 에스파냐 기사들과 맞서도록 지목된 프랑스 기사들 중 한 명이었다. 그때 명망 높고 무시무시한 **알론초 데 소토 마요르**와 결투를 벌였다. 이후 바야르의 명성은 더 커지지 못할 만큼 거대해졌고 유럽 전역에 빛을 발했다.

1504년, 바야르는 가릴리아노 강가에서 훨씬 더 용맹한 위업을 달성했다.

프랑스군 일부가 가릴리아노강을 건널 안전한 길을 트기 위해 정찰 임무를 띠고 파견되었다. 바야르도 프록코트◆ 차림으로 그 정찰에 임했다. 적군의 움직임이 있다는 보고를 받지 못했기 때문이다. 그러나 에스파냐군이 프랑스군을 기습 공격했고, 바야르는 갑옷도 투구도 없이 적장 **곤살로 데 코르도바**가 보낸 수백 명의 병사와 맞섰다. 바야르가 올라선 배다리가 너무 좁아서 에스파냐 병사들은 한 명씩 차례로 등장해 그와 일대일 대결을 벌였다. 바야르는 엄청난 인내심과 끈기로 200명의 에스파냐 병사들과 대항하여 싸웠다. 프랑스 병사들이 제발 교대하게 해 달라고 간청할 정도였다. 불행하게도 바야르의 고군분투는 별다른 소득이 없었고, **루이 12세**는 나폴리를 포기하고 항복할 수밖에 없었다.

이 무렵 **바야르**는 전혀 휴식을 취하지 못했다. 1507년에 제노바에서 일어난 반란을 진압한 후 그 도시를 손에 넣었고, 1509년에는 트레빌리오를 손에 넣었다. 같은 해에 아냐델로 전투에서는 어렵사리 승리를 거두어 베네치아를 루이 12세에게 바쳤다. 이 승리 덕분에 루이 12세는 생애 최고의 영광을 누리게 되었고, 바야르 장군에게 귀족들이 누리는 특권을 하사했다. 이때부터 바야르는 각각의 부대에 30명의 창병을 두고 개인 보병대도 거느리게 되었다.

파도바, 비첸차, 볼로냐, 브레시아 등 이탈리아의 강력한 도시들이 그의 손에 차례로 함락되었다. 브레시아 함락 때, 바야르는 다리에 창을 맞는 위중한 부상을 입고 부유한 부르주아의 집으로 옮겨졌다. 거기에 머무르며 그 집 사

◆ **프록코트** 남자가 입는 서양식 저고리로, 보통 검은색이며 길이가 무릎까지 내려옴

람들을 약탈과 불명예로부터 지켜 냈다. 건강이 회복된 뒤, 그는 다시 라벤나에서 뛰어난 무훈을 세웠다.

1515년, **프랑수아 1세**가 왕위에 올랐다. 프랑수아 1세는 지체 없이 바야르에게 그가 받아 마땅한 영예를 부여하고 도피네 사령관 직함을 내렸다. 사실 프랑수아 1세의 바람은 유럽에서 가장 강력한 군대를 만드는 것이었다. 밀라노 공국을 잃은 일이 그에게 쓰라린 뒷맛을 남겼기 때문이다. 하지만 밀라노 공국을 재정복하기란 매우 까다로운 일이었다. 알프스산맥의 고개들 대부분을 스위스 군대가 점령하고 있었다.

바야르는 그곳을 둘러보는 임무를 맡았고, 비교적 안전한 남쪽 통로를 택했다. 바야르와 그의 부대는 산봉우리들을 넘어 밀라노 남쪽에 다다랐고, 스위스 병사들과 대면했다. 이것이 바로 그 유명한 마리냐노 전투이다. 프랑스는 베네치아와 포병대의 지원을 받은 바야르의 활약 덕분에 겨우 30여 시간 만에 승리를 거두었다.

승리를 거둔 날 밤, 전투에 함께 참여했던 젊은 왕 **프랑수아 1세**는 자신을 기사로 임명하는 영예를 **바야르**에게 부여했다. 그 일을 맡을 사람이 바야르 말고 또 누가 있었을까? 당시 바야르는 기사의 용맹함과 충성스러움을 대표하는 인물이었다. 그러나 축연은 짧게 끝났다. 에스파냐 왕이기도 한 게르만 출신의 새 황제 카를 5세가 무시할 수 없는 위협이라는 사실이 드러났기 때문이다.

바야르는 **카를 5세**의 군대가 파리를 탐내지 못하도록 메지에르 방어에 나

섰다. 내전으로 분열되고 프랑스군이 세운 치밀한 전략에 제대로 대처하지 못한 카를 5세의 군대는 결국 패배했다. 이 일이 바야르의 명성을 더욱 드높여 주었고, 바야르는 100명의 창병으로 이루어진 대대 외에도, 가장 명망 높고 호사스러운 **성 미카엘** 훈장을 받았다.

왕국들 사이의 반목◆이 바야르가 평생 동안 상대한 유일한 적은 아니었다. 바야르는 위대한 전쟁 영웅인 동시에 훌륭한 행정가이기도 했다. 그는 도피네 사령관으로서 당시 그곳에 창궐하던 페스트 및 해로운 전염병들의 확산을 막아 냈다. 자연조차 그에게 저항하지 못하는 것 같았다. 드락에 일어난 홍수도 막아 냈다. 적어도 일시적으로는 말이다. 그는 그르노블의 하수도를 정화하고 도로를 청소했다. 일련의 재앙들을 틈타 강도들이 불안에 빠진 마을들을 약탈했지만, 바야르의 징벌을 받아야 했다. 주민들을 압제한 투기꾼들도 마찬가지였다. 바야르는 포로들에게 가능한 한 인간적인 대우를 해 주었다. 필요한 비용도 자신의 사비로 기꺼이 충당했다.

하지만 오래지 않아 또 선전 포고가 울려 퍼졌고, 바야르는 전선의 부름을 받았다. 그리하여 우리의 영웅은 1521년에 다시 전쟁터로 떠났고, **카를 5세**가 보낸 게르만 군대의 공격으로부터 메지에르를 방어해 냈다.

1523년, 패배한 선왕들의 전례를 심사숙고한 **프랑수아 1세**는 바야르를 마지막으로 불러 밀라노 정복을 준비하게 했다. 부르봉 원수의 선동으로 반란이 일어난 것을 고려해, 이번에 왕은 전쟁에 참여하지 않았다. 프랑스 왕에게 충성을 서약했던 부르봉 원수가 적군을 이끌었다. 사령관이 부상을 입었고,

◆ **반목** 서로서로 시기하고 미워함

프랑스군은 퇴각했다. 적군의 병사들이 그들을 뒤쫓았다. 후위대를 지휘하던 바야르는 습격을 당했고, 전투를 벌이는 동안 오른쪽 옆구리에 치명적인 부상을 당하고 말았다. 적군은 바야르를 붙잡아 나무 밑에 눕혔다. 부르봉 원수가 다가와 경멸의 눈빛으로 그를 훑어보더니, 이렇게 말했다.

"아, 바야르! 여기서 이 꼴을 하고 있는 것을 보니 참으로 불쌍하군. 당신처럼 고결하신 기사님이 말이야!"

바야르가 대꾸했다.

"이보시오, 나를 불쌍히 여길 것 없소. 나는 선한 인간으로 죽으니 말이오. 당신이 조국과 주군에게 했던 맹세를 배반하고 이렇게 행동하는 것을 보니 나는 오히려 당신이 불쌍하오."

그런 다음 바야르는 마지막 순간까지 두려움도 불평도 없이 숨을 거두었다.

49

전래의 기사들

기사를 기사답게 만들어 주는 것은 갑옷도, 투구도, 훌륭한 말도 아닙니다. 검이나 창을 들기 전 기사가 우선적으로 갖춰야 할 무기는 바로 고귀함과 용맹함이지요. 고귀함과 용맹함으로 말하면 그리스의 페르세우스, 북유럽의 베어울프와 시구르드, 아일랜드의 쿠 훌린도 부족하지 않았습니다. 그들에게는 영웅적인 자질을 시험할 기회들이 주어졌습니다. 그들은 목숨을 걸고 수많은 적을 무찔렀고, 그 보상으로 명예와 송가✦를 얻었지요. 하지만 용기와 실력을 모두 갖추어도 진정한 적은 피할 수 없을 때가 많습니다. 그 적은 다름 아닌 운명의 무자비한 계략이지요.

✦ 송가 공덕을 기리는 노래

페르세우스와
메두사

아르고스의 왕 **아크리시오스**는 운명을 한탄했다. 왕비 **유리디체**가 예쁜 딸 **다나에**를 낳았지만, 왕국을 물려받을 남자 상속자가 없어서 왕국의 미래를 보장할 수 없었기 때문이다.

시간이 흘렀지만 아무것도 달라지지 않았다. 왕의 마음에 드리운 그늘은 차츰 해로운 강박 관념으로 변해 갔다. 고민에 짓눌린 아크리시오스왕은 무녀 **퓌티아**를 만나 후손에 대한 예언을 들어 보려고 델포이로 갔다. 신들이 퓌티아의 입을 통해 내린 선고는 가차 없었다. 아크리시오스는 결코 아들을 얻지 못할 것이며, 그의 딸 다나에가 아들을 낳을 것인데 그 아이가 장차 아크리시오스를 죽일 거라는 예언이었다!

아르고스로 돌아온 아크리시오스왕은 건축가들에게 왕궁 지하 가장 깊은 곳에 방을 만들라고 명했다. 그런 다음 딸 다나에의 애원에도 아랑곳없이, 그녀를 아무도 침입할 수 없는 청동 벽으로 둘러싸인 지하 방에 가둬 버렸다.

다나에 공주가 지쳐 시들어 갈 즈음, 그녀의 호소와 흐느낌이 올림포스산에 닿았다. 전능하지만, 아름다운 여성에게는 약한 신들의 왕 제우스가 다나에의 신세를 측은히 여겼다. 제우스는 가느다란 황금 비로 변신해 다나에가 갇혀 있는 지하의 미세한 틈새로 스며들었다.

그렇게 제우스는 방까지 들어가 다나에의 하반신에 쏟아져 그녀와 결합했다. 시간이 흘러 사내아이 **페르세우스**가 태어났고, 오래지 않아 그 사실이 알려졌다. 갓난아이의 울음소리를 들은 아크리시오스왕은 딸과 외손자에게 분노를 느꼈다.

아크리시오스는 불길한 신탁◆이 현실이 될지도 모른다는 두려움에 눈이 멀고 광기에 사로잡혔다. 그러나 차마 자기 손으로 딸과 외손자를 죽일 수는 없어서, 또 다른 감옥을 짓기로 했다. 단단히 방수 처리한 나무 상자를 만든 뒤, 그 안에 모자를 가두었다. 그리고 그들이 불러올 위험에서 영원히 벗어날 수 있길 바라며 나무 상자를 바다에 던졌다.

나무 상자는 여러 날 동안 바다 위를 표류했다. 결국 **제우스**가 다시 개입해 다나에와 페르세우스의 목숨을 구해 주었다. 바람의 신들로 하여금 나무 상자를 세리포스섬 해안 근처로 실어 가게 했다.

그곳에 살던 **디크티스**라는 어부가 그물에 걸린 상자를 해안으로 끌어 올렸다. 디크티스는 나무 상자 안에서 젊은 여자와 아기를 발견하고는 당황해서 어쩔 줄 모르다가 그곳의 왕인 **폴리데크테스**에게 데리고 갔다. 폴리데크테스는 **다나에**의 아름다움에 압도되었고, 곧바로 이 아름다운 여인을 아내

◆ **신탁** 신이 자신의 뜻을 인간에게 전하거나 인간의 물음에 대답하는 일

로 삼아야겠다고 생각했다. 그래서 다나에와 페르세우스를 궁전에서 살게
해 주었다. 폴리데크테스가 융숭히 대접해 주었지만, 다나에의 마음은 열리
지 않았다.

시간이 흘러 **페르세우스**는 몸도 마음도 건강한 청년으로 자라났다. 그사
이 다나에를 향한 폴리데크테스의 연정은 사그라들기커녕 날이 갈수록 더
해 갔다. 다나에가 외면할수록, 폴리데크테스는 더욱 다나에에게 집착했다.
집착이 너무 심해서 페르세우스가 탐욕스러운 그와 어머니 사이에 끼어들
어 어머니를 보호하는 역할을 해야 했다. 인내심의 한계에 다다른 **폴리데크
테스**는 자신의 계획에 방해가 되는 **페르세우스**를 제거하기로 마음먹었다.
그래서 갑자기 **다나에**를 포기한 척하며 **히포다
메이아**라는 여자와 결혼하고 싶다는 마음을
비쳤다. 그는 조정 대신들을 불러들여
이렇게 말했다.

"히포다메이아에게는 구혼자
가 많고, 그녀의 아버지 **오이노
마오스**는 전차 경주에서 자기
를 이긴 자에게 딸을 주겠
노라 선언했소. 그런데
나는 작은 섬나라의 보
잘것없는 왕이고, 내 마구

간에는 훌륭한 말이 없소. 해서 그대들의 도움을 겸허히 요청하는 바이오. 내가 전차 경주에서 승리를 거두도록, 그대들이 가진 훌륭한 말들을 나에게 넘겨주시오. 그러면 분명 히포다메이아의 호의를 얻을 수 있을 거요!"

페르세우스는 왕궁에서 지내긴 했지만, 폴리데크테스에게 그런 값비싼 선물을 바칠 형편이 못 되었다. 그것을 모르지 않는 폴리데크테스가 사악한 어조로 그에게 말했다.

"친애하는 페르세우스여, 그러니 그대가 나를 위해 뭔가 해 주지 않겠나?"

어머니를 향한 **폴리데크테스**의 집착이 멈추었다는 사실에 마음이 기쁘지만 물질적으로 가진 것이 없는 남자로서 자존심에 자극을 받은 **페르세우스**는 이렇게 대답했다.

"무엇이든 분부만 내리십시오! 무시무시한 **메두사**의 머리를 가져오라 하셔도 마다하지 않겠습니다. 그것이 그리스의 말들을 전부 합친 것보다 더 값어치 있지 않겠습니까!"

주위에 있던 대신들이 그 말을 듣고 몹시 놀라 두려움에 찬 눈빛으로 경탄의 외침을 내뱉었다. 그것을 보고 페르세우스는 자신이 허세를 부렸음을 깨달았다. 그러나 너무 늦었다. 한편 폴리데크테스는 몹시 기뻤다. 자신의 계략이 생각 이상으로 잘 먹혀들었으니 말이다.

페르세우스는 위풍당당하고 아름다운 여인이 나타났을 때 거만한 태도를 보인 자신을 저주했다. 그는 꾸미지 않은 수수한 외모에 투구를 쓰고 창을 든 그녀를 단박에 알아보았다. 바로 지혜의 여신 **아테나**였다. 아테나 여신은 그를 사모스섬으로 데려가 메두사상을 보여 주었다. 페르세우스는 온몸에 전율을 느꼈다. 금으로 된 날개, 청동 발톱, 날카로운 이빨, 그리고 특히 한 올 한 올 수많은 뱀들로 이루어진 머리카락…… 그 괴물은 이때껏 들어 온 소문들을 전부 합한 것보다 훨씬 더 무시무시했다. 그러나 가장 고약한 것이 남아 있었다. 메두사의 또 다른 조각상 하나와 부분 조각상 두 개가 보인 것이다.

염려의 빛이 깃든 페르세우스의 눈을 보고, 아테나 여신이 설명했다.

"메두사는 불멸의 존재가 아니야. 하지만 메두사의 머리를 손에 넣으려면 매우 신중하게 접근해야 해. 메두사와 함께 있는 두 자매 **에우리알레**와 **스텐노**는 불멸의 존재거든!"

그런 다음 거울보다 반들반들한 강철 방패를 페르세우스에게 건넸다.

페르세우스는 더 이상 참지 못하고 아테나에게 물었다.

"오, 아테나 여신이여, 제가 베어야 하는 것은 메두사의 목인데, 이렇게 반짝이는 방패가 저에게 무슨 소용이 있단 말입니까?"

"혈기 넘치는 혀를 가진 **페르세우스**여, 네가 하려는 일을 무사히 완수하려면 힘보다는 책략이 필요하다! 반짝이는 방패가 왜 필요하냐고? **고르고네스** 세 자매의 눈에서 너 자신을 보호해야 하기 때문이지. 그들과 한 번이라도 눈이 정면으로 마주치면 너는 영원히 돌로 변할 테니까!"

아테나 여신은 페르세우스를 침울한 분위기 속에 홀로 놓아둔 채 이 말을 마지막으로 남기고 모습을 감추었다. 복수심 강한 아테나 여신이 페르세우스를 도와주려고 이토록 애쓰는 것은 오랜 원한 때문이었다. **메두사**와 그 자매들이 처음부터 사악한 존재는 아니었다. 옛날에 메두사는 무척 아름다운 아가씨였고, 바다의 신 **포세이돈**의 사랑을 받았다. 어느 날 포세이돈이 아테나 여신의 신전 안에서 메두사를 범했다. 아테나 여신은 그 불경한 행위에 격노했고, 메두사를 범한 포세이돈보다 오히려 메두사를 탓했다. 그래서 그녀를 흉측한 괴물로 변하게 했다. 그리고 메두사의 자매들에게도 똑같은 벌을 내렸다.

임무를 완수하기 위해 길을 가던 중, 페르세우스는 신들의 사자이자 도둑들의 수호신인 **헤르메스**의 도움을 받았다. 헤르메스는 페르세우스에게 단단한 비늘이 박힌 메두사의 목을 벨 수 있는 낫 모양의 칼을 선물로 주었다.

선물이 무척 멋지긴 했지만, 임무를 무사히 완수하기에는 충분하지 않았다. **페르세우스**는 필요한 것을 더 얻기 위해 **님페**들의 도움을 구하기로 결심했다. 그러나 님페들이 어디에 사는지는 비밀이었다. 님페들을 만날 수 있는 방법은 오직 하나뿐, **그라이아이**에게 그들이 사는 곳을 묻는 것이었다.

페르세우스는 세상의 끝을 향해 서쪽으로 길을 갔다. 며칠 밤낮을 걸어 그라이아이가 사는 동굴 앞에 도착했다. 그는 바위 뒤에 조용히 몸을 숨기고 주위를 관찰했다. 흡사 잿더미 같은 회색 형체 세 개가 이상한 행동을 하고 있었다. 바로 그라이아이였다. 눈이 없고 이빨이 빠진 그들은 하나뿐인 눈과 이빨을 돌아가며 갈아 끼웠다! 심술궂고 까다로운 그 괴물들로부터 원하는 정보를 얻어 내기 힘들 것이 뻔했다. 그래서 페르세우스는 그들이 눈과 이빨을

◆ **드잡이** 서로 머리나 멱살을 움켜잡고 싸우는 짓

전달하는 순간, 숨어 있던 곳에서 얼른 튀어나와 그것들을 가로챘다.

처음에 그들은 무슨 일이 일어났는지 전혀 알아채지 못했다. 그래서 비명을 지르고 서로의 얼굴을 할퀴고 머리끄덩이를 잡아당기면서 드잡이◆를 벌였다. 페르세우스가 그들에게 말했다.

"그만들 해요! 님페들이 사는 곳이 어디인지 나에게 알려 주면 당신들의 보물을 돌려줄 테니까!"

"낯선 사기꾼이여, 우리 같은 늙은이들에게 참으로 잔인하게 구는구나!"

그라이아이 중 하나가 투덜거렸다.

"우리는 네가 누구인지 잘 안다. **제우스의 아들**인 너를 여기로 보냈겠지."

다른 하나가 말했다.

"우리가 네 교만함의 볼모가 되었구나. 하지만 할 수 없지. 너는 우리의 가장 소중한 것을 갖고 있으니까……."

마지막 그라이아이가 결론 내렸다.

그라이아이로서는 페르세우스에게 굴복하는 것 말고는 선택의 여지가 없었고, 결국 님페들이 사는 곳을 알려 주었다. 하지만 페르세우스는 약속을 저버리고, 그들의 눈과 이빨을 돌려주지 않았다. 자신이 이곳을 떠나자마자, 그들이 자매인 **고르고네스**에게 가서 자신이 찾아올 거라는 사실을 알려 줄까 봐 겁이 났던 것이다. 소중한 눈과 이빨을 빼앗긴 **그라이아이**는 **페르세우스**가 그냥 가 버리자 마구 욕설을 퍼붓다가 영원히 잠들었다.

페르세우스는 세상 끝으로 더욱 깊숙이 들어갔다. 거기서 **님페**들을 만났고, 님페들은 페르세우스가 요구하는 것을 주었다. 페르세우스가 신들의 보호를 받고 있었기 때문이다. 그렇게 페르세우스는 자신을 고르고네스로부터 멀찍이 떨어뜨려 줄 헤르메스의 날개 달린 샌들, 그의 모습이 보이지 않도록 감춰 줄 지옥의 신 **하데스**의 투구, 그리고 **메두사**의 머리를 잘라 담을 금술 장식 달린 마법의 자루를 손에 넣었다.

완전 무장을 갖춘 페르세우스는 넓은 바닷가에 도착했다. 주위 풍경은 온통 황폐하기만 했다. 그는 하데스의 투구를 쓴 뒤 허리춤에서 낫 모양의 칼을 꺼냈다. 그런 다음 방패의 반짝이는 표면에 반사된 주위 모습을 살피며 조심스레 앞으로 나아갔다. 창백한 달빛 아래 음산한 광경이 모습을 드러냈다. 바람과 파도가 부딪치는 바위들 위에, 고르고네스와 눈이 마주친 불운한 자들이 돌로 변해 널브러져 있었다.

바로 그때, 웅장한 바위 아래 모여 있는 무시무시한 형체 세 개가 페르세우스의 눈에 들어왔다. 잠든 고르고네스였다. 심장이 쿵쿵 뛰었지만 하데스의

투구 덕분에 모습이 드러나지 않았으므로 페르세우스는 그들을 찬찬히 관찰했다. 고르고네스 세 자매는 커다란 황금 날개에 감싸인 채 흉측한 머리를 청동 팔 위에 올려놓고 휴식을 취하는 중이었다. 머리에서는 무시무시한 독사들이 쉭쉭 소리를 내며 우글거리고 있었다. 메두사는 **포세이돈**의 자식을 배서 배가 부풀어 있었기 때문에 누구인지 쉽게 알 수 있었다. 페르세우스는 조용히 날아올라 단숨에 낫 모양의 칼을 휘둘렀다.

그러자 베어 낸 목에서 **메두사**가 배고 있던 바다의 신의 자식들이 빠져나왔다. 무거운 황금 칼을 든 **크리사오르**와 백조의 날개가 달린 천마 **페가수스**였다. **페르세우스**는 그 믿기 어려운 광경에 경탄하는 한편, 의술의 신 **아스클레피오스**를 알아보았다. 아스클레피오스가 갑자기 나타나 메두사의 목에서 솟구쳐 나오는 피를 그러모았다. 왼쪽 혈관에 흐르는 피는 독이지만, 오른쪽 혈관에서 쏟아져 나오는 것은 죽은 자에게 생명을 돌려주는 신령스러운 약이었기 때문이다.

페르세우스는 깔끔하게 잘라 낸 메두사의 머리를 집어 등에 메고 있던 마법의 자루에 넣었다. **에우리알레**와 **스텐노**가 곧장 잠에서 깨어났고, 자매의 목이 베인 것을 확인하고는 격분했다. 페르세우스는 하데스의 투구 덕분에 두려워하지 않아도 되었다. 하지만 그 투구는 불멸의 존재인 에우리알레와 스텐노의 예민한 후각으로부터 그를 보호해 주지는 못했다! 그들은 페르세우스의 냄새를 맡고는 무시무시한 날개를 공중에 퍼덕였고, 요란한 고함을 내지르며 메두사를 죽인 그를 찾아 주위를 맴돌기 시작했다. 페르세우스는 메두사의 머리를 등에 짊어진 채 날개 달린 샌들의 힘을 빌려 도망쳤다.

　돌아가는 길에 페르세우스는 아틀라스의 구역인 헤스페리데스의 멋진 정원 근처에서 잠시 쉬기로 했다. 하늘을 영원히 어깨에 떠받치고 있어야 하는 벌을 받은 아틀라스가 그곳에 훌륭한 양 떼와 넓은 농장을 소유하고 있었다. 승리에 도취한 페르세우스는 그 거인족에게 당당히 말을 걸었다.

　"나는 **세리포스**에서 가장 힘센 자, 신들의 전령, **그라이아이**의 박해자이자 고르고네스 메두사에게 승리를 거둔 페르세우스요. 여기서 좀 쉬어 가고 요기도 할까 하는데, **제우스의 아들**을 손님으로 대접하는 일을 거절하지는 않겠지?"

　아틀라스는 페르세우스가 한 마지막 말을 듣고 소스라치게 놀랐다.

　"언젠가 제우스의 아들이 너를 농락하고 너의 가장 귀중한 나무에 달린 황금 사과를 훔쳐 갈 것이다"라는 옛 신탁이 머릿속에 떠올랐기 때문이다. **아틀라스**는 거대한 발로 바닥을 굴렀고, **페르세우스**는 그 기세에 지푸라기처럼 나가떨어졌다. 자존심에 상처를 입은 페르세우스는 마법의 자루에서 **메두사**의 머리를 꺼내 아틀라스의 눈앞에 휘둘렀고, 아틀라스는 즉시 산맥으로 변했다. 이후 그 산맥은 아틀라스산맥이라고 불리게 되었다.

　페르세우스는 다시 날아올라 지중해를 따라 세리포스로 이동했다. 그리고 트리톤 호수 위를 지날 때 **그라이아이**의 눈과 이빨을 던졌다. 리비아 사막에도 본의 아니게 선물을 했다. 마법의 자루에서 떨어진 메두사의 핏방울이 뜨거운 모래와 만나 독사 무리로 변해 그 지역을 황폐하게 만든 것이다.

그러다가 에티오피아 해안에 다다랐고, 그곳에 기묘한 광경이 보여 자석에 이끌리듯 가까이 다가갔다. 체념한 표정의 젊은 여인이 바다 쪽으로 불쑥 튀어나온 바위에 무거운 쇠사슬로 묶여 있었다. 페르세우스는 그 여인의 아름다움과 그녀가 느끼고 있을 두려움에 마음을 빼앗겼다. 다음 순간 바닷가 모래사장에 부부 한 쌍이 보였고, 페르세우스는 사연을 알아보려고 그들에게 다가갔다.

"나는 에티오피아의 왕 **케페우스**이고, 이 사람은 왕비 **카시오페이아**라오."

남자가 계속 설명했다.

"경솔하게도 내 아내가 자신의 미모가 바다의 님페 **네레이스**보다 뛰어나다고 주장했소. 그러자 **님페**들이 그것을 **포세이돈**에게 고자질했고, 포세이돈은 그에 대한 보복으로 바다 괴물을 풀어 우리나라 해안을 유린했다오. 신탁에 따르면, 해결책은 하나뿐이오. 우리 딸 **안드로메다**를 제물로 바쳐 바다 괴물과 포세이돈의 분노를 잠재우는 것이지요."

케페우스가 설명을 마치자, 파도가 조금씩 들썩여 바다 괴물이 다가오고 있음을 알려 주었다. 엄청난 공포 분위기에서 바다 괴물이 모습을 드러내더니, 자신에게 바쳐진 제물을 삼킬 준비를 했다. 바로 그 순간, 페르세우스는 공중으로 날아올라 **헤르메스**가 준 낫 모양의 칼을 빼 들었다. 그렇게 공격을 개시했고, 바다 괴물이 무시무시한 턱으로 가해 오는 반격을 교묘히 피했다. 그리고 바다 괴물이 휘두르는 발톱과 가시 달린 꼬리를 피해 한 번 더 공격

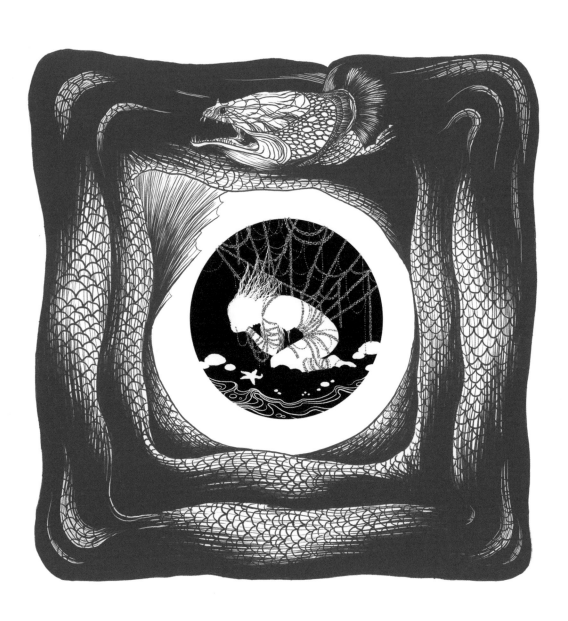

을 가했다. **케페우스**와 **카시오페이아**가 바닷가에서 그 광경을 초조하게 지켜보았다.

한편 **안드로메다**는 자신을 구하러 온 페르세우스에게 열광하는 동시에, 그가 실패하면 어쩌나 하는 두려움에 어쩔 줄 몰라 했다.

바다 괴물은 몸에 상처를 입었지만 기세가 꺾이지 않았다. **메두사**의 머리를 베어 낸 **페르세우스**였지만 역부족이었다. 바다 괴물의 움직임이 너무나 빨라서 눈길을 마주치기도 힘든 지경이었다. 점점 힘이 빠진 페르세우스는 마지막으로 태양과 바다 괴물 사이에 끼어들었다. 바다 괴물은 바닷물에 반사된 페르세우스의 그림자를 페르세우스로 착각하고 달려들었다. 페르세우스는 그 기회를 놓치지 않고 괴물의 머리 깊숙이 낫 모양의 칼을 박아 넣었다. 바다 괴물은 한동안 꼼짝 못 하고 있다가 거품 이는 파도 속으로 쓰러지더니, 바닷물 깊숙이 가라앉았다.

괴물이 죽은 것을 확인한 케페우스와 카시오페이아가 안드로메다를 풀어 주려고 서둘러 달려왔다. 그들이 기쁨을 나누는 동안, 페르세우스는 조금 멀찍이 떨어져 피투성이의 손을 바닷물에 씻었다. 메두사의 머리가 담긴 자루는 계속 한 손에 들고 있었다. 페르세우스는 자루가 모래 속에 잠기지 않도록, 모래 위에 해초를 깐 다음 메두사의 얼굴이 밑으로 가게 해서 자루를 조심스레 내려놓았다. 잘린 목 부분에서 피가 흘러나와 바닷물에 섞여 들었다. 그 독성이 바다 식물을 온통 붉게 물들이고, 메두사의 눈길이 바다 식물을 돌처럼 굳게 했다. 그렇게 석화한 바다 식물은 오늘날 우리가 산호라고 부르는 바다 보물이 되었다.

안드로메다는 삼촌인 **피네우스**와 결혼하기로 약속한 사이였지만, 케페우스왕은 페르세우스가 보여 준 용맹한 행위에 대한 보상으로 안드로메다를 페르세우스와 결혼시키기로 했다. 두 남자 사이에 싸움이 벌어졌지만, 메두사의 치명적인 눈빛 덕분에 곧 해결되었다. 페르세우스와 안드로메다는 결혼식을 올리고 세리포스섬으로 출발했다.

마침내 세리포스섬으로 돌아왔지만, **페르세우스**는 어머니 다나에가 어부 **딕티스**와 함께 **아테나** 신전에 피신해 있는 것을 알고 경악했다. 폴리데크테스가 너무도 끈질기게 구애하는 바람에 **다나에**로서는 그곳에 몸을 숨기고 신들의 보호를 받는 것 말고는 선택의 여지가 없었던 것이다. 그동안 이뤄 낸 영웅적 업적들 때문에 자신감이 가득 차 있던 페르세우스는 지체하지 않고 왕궁으로 달려갔다. 폴리데크테스왕은 호사스러운 연회를 벌이고 있었다. 그는 페르세우스가 무사히 돌아온 것을 보고 겁을 먹었지만, 곧 교만한 태도를 되찾고는 연회 참석자들 앞에서 허세를 부렸다.

"이런, 페르세우스로구나! 이렇게 놀라울 데가! 그런데 보아하니 빈손으로 돌아왔구나. 하기야, 너처럼 보잘것없는 인간이 타르타로스 깊은 곳까지 두려움에 벌벌 떨게 하는 **메두사**의 머리를 무슨 수로 가져오겠느냐!"

페르세우스가 대꾸했다.

"일단 보시죠!"

페르세우스는 자루 속에 손을 넣어 뱀들로 이루어진 메두사의 머리카락을 힘껏 움켜쥐어 빼낸 다음, 메두사의 무시무시한 얼굴을 폴리데크테스왕과 연회 손님들 앞에 내밀었다. 그 즉시 모두가 석상으로 변했다. 자신이 판 함정에 빠진 폴리데크테스왕은 돌 속에 영원히 박제되었다.

페르세우스는 아테나 신전으로 가서 이 기쁜 결말을 어머니에게 알렸다. 그때, 아테나와 **헤르메스**가 그들 앞에 나타났다. 아테나 여신은 페르세우스에게서 건네받은 메두사의 머리를 자신의 방패에 붙여 무적의 무기로 만들었다. 헤르메스 신은 페르세우스에게 빌려주었던 마법의 물건들을 돌려받았다.

페르세우스는 정의를 세우는 의미로 너그러운 어부 딕티스를 세리포스섬의 왕위에 앉힌 뒤, 어머니 다나에, 아내 **안드로메다**와 함께 고향 아르고스로 돌아갔다. 그의 외할아버지 **아크리시오스왕**은 페르세우스가 돌아온다는 소식을 듣고 불안과 공포에 사로잡혀 그리스 반대편 끝인 라리사로 피신해 있었다.

페르세우스는 외할아버지가 돌아올 때까지 아르고스를 다스리기로 했다. 그러던 어느 날, 라리사의 왕 **테우타미도스**가 손님 **아크리시오스**를 위해 원반던지기 시합을 열기로 했으니 참석해 달라고 페르세우스를 초대했다. 혈기 왕성한 페르세우스는 몸소 시합에 참가하기로 했다. 시합에 나가 원반을 던졌는데, 원반이 커다란 궤적을 그리며 날아가 관중석으로 떨어졌다. 관중석에 앉아 있던 한 남자가 그 원반에 맞고 숨을 거두었다. 그 남자는 바로 아크리시오스였다. 세찬 바람 때문인지 신들의 개입 때문인지 알 수 없지만, 불길한 예언은 결국 현실이 되었다.

　낙심한 페르세우스는 왕위를 포기했다. 세상을 떠난 외할아버지를 애도하는 의미에서 티린스와 왕권을 바꾸고 아르고스를 떠났다. 대신 건축가 **키클롭스**의 도움을 받아 미케네 왕국을 세웠다. 페르세우스와 **안드로메다**는 미케네 왕국에서 여섯 명의 자식을 낳고 번영을 누리며 살았다. 페르세우스가 세상을 떠나자, **제우스**는 자신의 아들인 그와 그가 물리친 바다 괴물을 별자리로 만들어 주었다. **아테나** 여신은 안드로메다와 그녀의 아버지 **케페우스**를 별자리로 만들어 주었다.

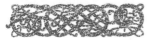 베어울프

옛날 덴마크에 **흐로드가르**라는 왕이 살았다. 그는 전쟁을 통해 엄청난 명예와 부를 쌓았다. 게다가 그 혜택을 혼자 누리지 않고 신하와 백성들에게 후하게 베풀기로 유명했다. 많은 영주들이 그에게 충성을 바쳤다. 덕분에 대담하게 전투에 임하는 원기 왕성한 병사들로 막강한 군대를 만들 수 있었다.

왕국의 찬란한 번영에 정점을 찍기 위해, 흐로드가르왕은 북유럽에서 가장 화려하고 찬란한 건물인 헤오로트 궁전을 짓게 했다. 궁전을 온통 금으로 장식하고 옥좌를 놓은 널찍한 홀에서는 늘 커다란 불길이 타오르게 했다. 흐로드가르왕은 그곳에서 자주 주연◆을 베풀었다. 음유시인들이 리라 반주에 맞춰 그와 그의 조상들의 무훈을 노래하면, **웨알데오우** 왕비와 함께 그 노래를 들으며 즐거워했다.

그러나 얼마 지나지 않아 그런 호사스러운 나날도 위기를 맞았다. 헤오로트 궁전에서 나는 웃음소리, 노랫소리 그리고 그곳에서 낭독된 모든 고결한 이야기들이 덴마크 땅을 가로질러 세상 끝, **카인**의 악마 같은 후예들이 사는 소굴에까지 다다른 것이다. 특히 그들 중 하나인 **그렌델**이 귀신 들린 늪지에서 뒹굴다가 그 넘쳐흐르는 환희를 감지했다. 자신은 절대 함께하지 못할 기쁨의 소리에 심기가 불편해진 그렌델은 흉측한 몸을 일으켜 길을 나섰다. 소리의 근원지를 유린해 침묵에 빠뜨릴 각오로

◆ **주연** 술을 마시며 즐겁게 노는 간단한 잔치

흐로드가르 왕국에 스며들었다. 어느 날 밤 성대한 연회가 끝난 뒤, **그렌델**은 왕의 전사들이 깊이 잠들어 있는 틈을 타 헤오로트 궁전에 침입했다. 우당탕탕 홀 안으로 들어가 기사 30명을 잠자리에서 끌어내 질질 끌고 가서는 그대로 삼켜 버렸다.

그 뒤로 12년 동안 그렌델은 매일 밤 궁전에 찾아와 왕의 시종을 삼켰지만, 아무도 그렌델을 막지 못했다. 신의 보호를 받는 옥좌만이 궁전에서 유일하게 무사한 상태로 남아 있었다. 12년의 세월 동안 덴마크 전체에 암흑의 베일이 내려앉았고, 왕과 대신들은 낙심이 컸다.

헤오로트 궁전에서 벌어진 이 불길한 사건은 마침내 덴마크 국경을 넘어 외국에까지 알려졌다. **베어울프**라는 고트족 왕자이자 기사가 **흐로드가르왕**과 그의 왕국에 몰아닥친 참혹한 비극에 관해 알게 되었다. 조상들처럼 자신 역시 대대로 칭송받고 이름이 전해지기를 바란 베어울프는 모험을 위해 조국을 떠나려 하니 허락해 달라고 아버지 **히엘락왕**에게 요청했다. 그런 다음 배 한 척을 마련해 스코네에서 가장 용맹한 기사 열다섯 명을 선발해 함께 배에 탔다. 헤오로트 궁전에 도착해 보니, 온통 폐허뿐이었다. 넓은 방들을 빛나게 했던 금과 보석 장식품에 희생자들의 피가 말라붙어 있었고, 벽지와 장식 융단도 마찬가지였다. 바닥에는 값비싼 가구의 깨어진 파편들이 널려 있었다. 기사들이 둘러앉아 영웅적인 무훈을 이야기했던 화로도

이제는 너울거리는 불길만 피워 올릴 뿐이었다.

번영했던 왕국이 그렇게 쇠락해 버린 것을 보자, **그렌델**의 악행을 끝내겠다는 **베어울프**의 결심이 더욱 굳어졌다. 그는 **흐로드가르왕**에게 겸손하게 경의를 표한 다음, 그 자리에 있는 모든 사람들이 들을 수 있도록 목소리를 한껏 높여 그 식인 괴물을 무찌르겠다는 뜻을 밝혔다. 그들의 신뢰를 얻기 위해, 이제껏 자신이 무찌른 괴물들에 대해서도 이야기했다. 한 남자가 어두운 눈빛으로 베어울프의 이야기를 들었다. 바로 **운페르드**였다. 운페르드는 어깃장을 놓을 준비가 되어 있었다. 누구든 자기보다 더 용맹하다고 인정받는 것을 견딜 수 없었기 때문이다. 그는 비열한 태도로 베어울프의 용기를 조롱했다. 그러자 흐로드가르왕이 그에게 주의를 주었다.

77

오랜 절망 끝에 비로소 한 줄기 희망의 빛이 나타났는데, 거기에 찬물을 끼얹는 행위를 용납할 수 없었던 것이다.

웨알데오우 왕비가 입 다물고 가만히 있는 **운페르드** 앞을 지나 환영의 표시로 **베어울프**에게 꿀물을 대접했다. 잠시 후 베어울프와 그의 부하들이 헤오로트 궁전 홀에서 밤을 보내고, **흐로드가르왕**과 그의 부하들은 베어울프가 괴물과 자유롭게 싸우도록 궁전을 떠나 있기로 합의했다. 왕과 수행원들이 떠나자, 베어울프는 일부러 투구와 갑옷을 벗고 무기를 내려놓은 채 잠자리에 들었다. 맨손으로 **그렌델**을 무찌를 작정이었다.

식인 괴물이 먹잇감을 찾아 어김없이 모습을 드러냈다. 괴물은 강철 빗장을 질러 놓은 문을 억지로 연 다음, 베어울프의 부하 한 명을 삼켜 버렸다. 그 부하는 주변을 경계했지만, 괴물이 베어울프를 공격하고 있어서, 활짝 펼친 거대한 발톱이 자신에게 향하는 것을 미처 알아차리지 못했다.

베어울프는 무척 민첩했던 덕분에 쉽게 쓰러지지 않았다. 그가 무쇠 같은 악력으로 기다란 손톱이 달린 괴물의 손을 휘감아 버렸다. 싸움이 본격적으로 시작되었다. 그 기세가 너무도 강력해서 궁전 전체가 흔들릴 정도였다. 부하들도 즉시 잠에서 깨어나 대장을 돕기 위해 칼집에서 검을 꺼냈다. 그러나 소용없었다! 식인 괴물은 온 힘을 다해 공격해 왔고, 부하들의 창과 검은 괴물에게 닿지도 못했다.

베어울프는 마지막으로 맹렬한 위세를 폭발시켜 그렌델의 팔을 비틀었다. 그러자 팔의 힘줄들이 우두둑 소리를 내며 끊어졌다. 상처가 점점 넓게 벌어지면서 어깨와 연결된 부분이 떨어져 나왔다. 베어울프는 그 기괴한 전리품을 두 손으로 든 채 그렌델이 도망가는 모습을 지켜보았다. 그렌델의 손이 찢겨 나온 팔뚝 끝에 대롱대롱 매달려 있었다. 끔찍한 울부짖음이 덴마크 땅 전체에 울려 퍼졌고, 그렌델은 자기가 태어난 늪지로 돌아가 숨을 거두었다.

　흐로드가르왕이 돌아와 베어울프가 승리를 거둔 것을 보았다. 왕의 이마에 드리웠던 그늘이 말끔히 걷혔다. 왕은 최고로 성대한 축연을 열기 위해 즉

시 헤오로트 궁전을 재건하라고 명했다. 그리고 암흑의 나날이 마침내 끝난 것을 기념해 **그렌델**의 팔을 황금빛 방의 들보에 매달았다. 나라 곳곳에서 사람들이 와서 그 무시무시한 기념물을 구경하며 경탄하고 **베어울프**를 찬양하는 노래를 불렀다. 베어울프는 술잔, 튜닉, **웨알데오우** 왕비가 몸소 전달한 브로싱의 전설적인 목걸이 등 많은 선물을 받았다.

마침내 덴마크와 헤오로트 궁전에 다시 평화가 찾아왔다. 궁전 안의 모든 사람들이 오랜만에 깊은 잠을 잤다. 하지만 밤사이 새로운 위협이 수면 위로 떠올랐다. 복수심에 가득 찬 그림자 하나가 지키는 사람이 아무도 없는 문들 사이로 미끄러져 들어온 것이다. **그렌델**이 부상에서 회복되어 사죄를 요구하러 온 걸까?

흉측한 두 손이 사건의 장본인을 찾아 어둠 속을 더듬었다. 그렌델을 무찌른 **베어울프**는 궁전에서 가장 안락한 방 안에 잠들어 있었고, 그를 찾아내지 못한 두 손은 다른 먹잇감에게로 방향을 틀어, **흐로드가르왕**의 가장 충실한 기사인 **애시헤레**를 갈가리 찢어 놓았다. 애시헤레의 외마디 비명을 듣고 사람들이 홀에 불을 밝혔고, 새로운 위협의 실체를 목격했다.

무시무시한 침입자는 그렌델과 비슷하게 생겼지만, 물속에 너무 오랫동안 머무른 듯 더욱 퇴색한 모습이었다. 다름 아니라 아들의 죽음을 복수하러 온 그렌델의 어미였다. 그렌델의 어미는 황금빛 방 들보에 매달려 있던 아들의 팔을 낚아채서는 서둘러 궁전을 떠났다.

불행이 다시 반복되는 것을 원치 않았던 흐로드가르왕과 베어울프는 날이 밝자마자 부하들을 데리고 그렌델의 어미를 추적하러 나섰다. 어미가 남긴 흔적을 따라 음산한 늪지까지 갔다. 식인 괴물의 소굴인 늪지는 검은 송진으로 가려져 있었다.

베어울프는 일말의 망설임도 없이 싸울 준비를 했다. **운페르드**도 전설의 검 흐룬팅을 휘두르며 그의 앞으로 급히 달려왔다. 혹시나 베어울프가 배신하지 않을까 염려되었기 때문이다. 이미 한 번 베어울프를 의심한 적 있는 운페르드는 이렇게 말했다.

"**에즈데오우**의 아들 용감한 베어울프여, 나는 흐로드가르왕 그리고 그분보다 앞서 이것을 든 사람들을 한 번도 배반한 적 없는 이 명검을 그대에게 줌으로써, 그대에게 의구심을 품었던 것에 대해 용서를 구하는 바이오. 오직그대만이 저 괴물을 끝장낼 수 있을 거요. 저 괴물은 암컷이긴 하지만, 나이를 먹으면서 힘과 간교함이 더욱 커졌으니 말이오!"

베어울프는 전설의 검 흐룬팅을 받아 들고 **운페르드** 앞에 몸을 숙였다.

"**에즐라프**의 아들 운페르드여, 그대는 대단한 용기를 보여 주었소. 부끄러움을 억누르고 자신의 실수를 인정하는 것은 악마로부터 팔 한쪽을 뽑아내는 것만큼이나 큰 용기를 필요로 하는 일이니 말이오. 만약 내가 이 차가운 늪에서 죽게 된다면, 나에게 주어질 모든 영광을 그대에게 돌리고 싶다는 것을 알아주시오."

베어울프는 이렇게 말한 뒤, 운페르드의 대꾸를 기다리지도 않고 흐룬팅을 손에 든 채 늪 속으로 들어갔다. 한 시간 가까이 헤엄을 치고 나서야, 바닥이 눈에 들어오기 시작했다. 거기에 그렌델의 어미가 있었다. **그렌델**의 어미는 자기가 쫓기는 것을 이미 알고 있었다. 베어울프가 온 것을 빠르게 감지하고는 그를 갈가리 찢어 놓으려 했다. 투구 그리고 갑옷의 쇠사슬 고리를 공격했지만 실패하자, 그 괴물은 베어울프를 낚아채 자기가 숨어 사는 늪 깊숙한 곳에 있는 동굴까지 끌고 갔다.

간신히 호흡을 가다듬은 베어울프는 거기서 그렌델의 찢긴 팔과 몸통을 발견했다. 베어울프가 그 모습을 보며 잠시 멍해 있는 사이, 그렌델의 어미가 난폭한 공격을 가했고, 축축한 동굴 안에서 다시 맹렬한 싸움이 시작되었다. 베어울프는 힘이 빠져 그렌델의 어미에게 밀렸고, 그렌델의 어미는 자신의 소굴에서 싸우는 덕분에 기세등등하게 날뛰었다. 명검 흐룬팅으로도 그 괴물에게 작은 상처 하나 낼 수 없었다. 처음으로 흐룬팅이 능력을 발휘하지 못한 순간이었다. 베어울프는 흐룬팅을 내려놓고, 옆의 돌 위에 놓인 다른 검을 써 보기로 했다. 그 검은 거인족이 만든 것이라 너무나 커서 인간의 힘으로는 도저히 들어 올리지 못할 것 같았다. 하지만 베어울프는 그 거대한 검을 들어 올렸다. 그뿐 아니라, 검이 가벼운 주석으로 만들어지기라도 한 양 빙글빙글 돌리기까지 했다. 몸짓이 너무나 가벼워서, 마치 검이 그의 손의 일부처럼 보였다. 거대한 검이 공기를 가르다가 **그렌델** 어미의 목을 단번에 베었다. 그 일격 후 지쳐 버린 **베어울프**는 끔찍한 잔해 한가운데에서 호흡을 가다듬었다. 그런 다음 늪 위로 올라가기 전 두 괴물이 살던 소굴을 찬찬히 살펴보았다. 그렌델의 시체 앞에 다다른 베어울프는 거대한 검을 내리쳐 부러뜨렸

다. 그러자 얼음이 햇볕에 녹듯 칼날이 괴물들의 핏속에서 녹아 버렸다. 베어울프는 검 손잡이를 챙겨 멜빵 안에 넣었다. 명검 흐룬팅도 잘 챙겨서 늪 위로 다시 올라갔다.

모두 지쳤으므로 돌아가는 길은 힘겨웠다. 베어울프와 그의 부하들은 마침내 헤오로트 궁전에 도착해 **흐로드가르왕**의 발치에 그렌델 어미의 머리를 내려놓았다. 흐로드가르왕은 베어울프에게서 거인족이 만든 검 손잡이를 건네받았다.

축연이 끝나자, 베어울프는 고국으로 돌아가겠다는 뜻을 밝히고 흐로드가르왕과 작별 인사를 나누었다. 이제 그들은 혈연보다 더 끈끈하게 맺어져 있었다.

바다 위를 오랫동안 항해한 뒤, 베어울프는 고국 스코네 해안에 다다랐고, 곧장 **히옐락왕**을 만나러 갔다. 그 자리에서 그렌델과 그 어미를 물리친 엄청난 무훈에 대해 이야기하고, 덴마크 왕에게서 받은 온갖 선물을 왕에게 바쳤다. 히옐락왕은 흐뭇해하며 베어울프를 백성들을 다스릴 차기 왕으로 지목했다.

히옐락왕이 세상을 떠나자, 베어울프는 왕위를 물려받아 50년 가까이 나라를 평화롭게 다스렸다. 그러나 또다시 어두운 그림자가 드리웠다. 가난에 시달리던 한 노예가 용의 보물 창고에서 황금 잔과 루비를 훔쳐 온 것이다. 용이 가진 수많은 보물 중에서는 소박한 것이었지만, 무시무시한 용의 노여

움에 불을 붙이기에는 충분했다. 용은 음산하게 하늘로 날아올라 인간들의 모든 왕국을 불길에 휩싸이게 했다.

불길은 오래지 않아 **베어울프**의 나라에까지 번져 왔다. 평화로웠던 지난 날이 새로운 불행으로 인해 손상되지 않도록, 베어울프는 무기공들에게 강철 방패를 만들라고 명했다. 그런 다음 기사 열한 명을 선발해, 작은 언덕이 내려다보이는 절벽으로 떠났다. 용이 그곳에서 자신의 힘을 감춘 채 보물들 위에 조심스럽게 누워 있었다. 베어울프가 분노의 외침을 토해 내자, 용은 흉측한 몸의 마디들을 땅 밑에서 꺼내 그와 맞설 준비를 했다.

하지만 베어울프는 예전의 원기 왕성한 청년이 아니었다. 얼마 지나지 않아 궁지에 몰렸다. 싸움을 지켜보던 기사들은 겁에 질린 나머지, 왕보다는 자기 목숨 먼저 보전하려고 뛰어서 도망쳤다. **위그라프**라는 젊은 기사만이 도망치지 않고 남아서 베어울프를 도왔다. 그는 군주의 인자함과 후한 인심을 잊지 않는 충성스러운 사람이었다.

위그라프가 곧장 싸움에 돌입했지만, 참나무로 된 그의 창과 방패는 용이 내뿜은 뜨거운 화염에 곧바로 재가 되어 버렸다. 위그라프는 베어울프의 방패 뒤로 몸을 피했고, 베어울프가 용의 머리 위로 검을 내리쳤다. 그러나 맙소사! 칼날이 뚝 부러졌고, 용은 자신을 공격한 데 대한 보복으로 뾰족한 송곳니를 드러내 늙은 왕의 목을 와락 물었다. 피가 철철 흐르고 무척 고통스러웠지만, 베어울프는 갑옷에서 단검을 꺼내 용의 하얀 배를 베었다.

용이 쓰러졌고, 뒤이어 베어울프도 쓰러졌다. 용의 이빨에서 나온 독이 그의 몸속에 퍼지기 시작한 것이다. 충성스러운 위그라프는 베어울프의 투구를 벗기고 얼굴에 물을 뿌렸다. 그러자 **베어울프**가 잠시 정신을 차리고는, **위그라프**에게 용의 소굴로 가서 보물들을 모두 가지고 나와 그것들이 환한 빛을 보게 해 달라고 부탁했다. 그것이 베어울프의 유언이었다.

마지막 여행을 위해 베어울프의 시신이 단장되어 옮겨졌다. 영웅의 시신은 그가 생전에 아끼던 물건들과 함께 커다란 화로에 놓였고, 이윽고 화로 위로 불꽃이 춤을 추었다. 불길과 연기가 고트족의 용감한 영웅 베어울프를 하늘 높이 실어 갔다.

얼스터의 기사
구 흐린

　　세탄타는 얼스터 왕 **콘코바르 막 네사**의 여동생 **데크티네**와 태양신 **루** 사이에 태어난 아들이었다. 그는 어릴 때부터 뛰어난 자질을 보였지만, 특히 왕의 대장장이 **쿨란**의 경비견을 맨손으로 죽인 일로 유명해졌다. 개가 죽어 경비 자리가 비자, 세탄타는 자신이 그 일을 대신하겠다고 나섰다. 그리하여 '쿨란의 개'라는 뜻인 **쿠 훌린**이라는 새 이름을 얻었다. 어머니가 젊은 나이에 죽을 거라는 그의 운명에 대한 점괘를 알려 주었지만, 쿠 훌린은 개의치 않았다. 왕국을 지키려는 그의 열의를 아무도 막지 못했다. 적들과 맞서 싸우는 동안, 그는 엄청난 기세와 무예 실력을 보여 주었다. 어느 날 쿠 훌린은 더블린 근처에 사는 마법사의 딸 **에마**에게 반했다. 그러나 마법사는 그를 사위로 삼기 싫어서, 자신의 딸과 결혼하고 싶으면 용맹함을 증명하라고 요구했다. 여전사 **스카자하**에게 가서 무술을 배워 오라는 것이었다. 쿠 훌린은 가시 달린 무시무시한 창 가에보르그를 다루는 법을 배웠다. 그러던 어느 날, 그는 얼스터에 침입한 **메브** 왕비의 군대와 혼자 대적하게 되었다. 전투는 치열했고, 수많은 적군 속에서 그는 궁지에 몰렸다. 심각한 부상을 당해 쓰러질 지경이었지만, 두 다리로 서서 용감하게 싸우기 위해 바위 기둥에 몸을 묶었다. 그가 마지막 숨을 거두는 순간, 죽음의 여신 **모리안**이 까마귀의 모습으로 그의 어깨에 내려앉았다. 사람들은 그의 죽음을 오랫동안 애도했고, 그가 세운 무훈은 널리 그리고 길이길이 전해졌다.

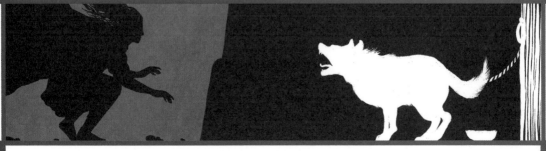

시구르드와
저주받은
반지

모든 소인족이 그렇듯이 **안드바리**는 산에 구덩이 파는 일에 능했다. 그는 부를 갈망하며 열심히 일했다. 그리하여 금과 값비싼 보석, 이름을 알 수 없는 보석 등 엄청나게 많은 보물을 모았다. 그러나 안드바리는 신들의 비위를 맞추는 법을 알지 못했고, 얼마 지나지 않아 불화의 신 로키가 그가 열심히 모은 보물들을 훔쳐 갔다. 그것들을 **오트르**의 아버지 **흐레이드마르** 그리고 오트르의 두 형제 **레긴**과 **파프니르**에게 가져다주어 자신이 오트르를 죽인 일을 용서받고자 한 것이다. 보물들을 빼앗기기 전, 안드바리는 그 보물들에 저주를 걸었다. 그러나 흐레이드마르, 레긴, 파프니르는 그 사실을 알지 못했다. 특히 그 보물 중 **안드바라나우트**라는 반지는 그것을 손에 넣는 사람에게 죽음을 불러오는 저주가 담겨 있었다.

저주는 곧바로 힘을 발휘했다. 금을 독차지하고 싶었던 파프니르와 레긴이 돌이킬 수 없는 짓을 저질렀다. 아버지를 살해한 것이다. 특히 파프니르는 황금에 대한 탐욕과 인간 및 소인족에 대한 증오에 가득 차 본모습을 점점 잃고 흉측한 용으로 변해 버렸다.

레긴은 소인족의 지식을 배우며 살다가 결국 조국을 버리고 떠났다. 마음속이 탐욕과 증오로 가득 차서 파프니르에게 복수하고 싶은 생각뿐이었고, 용으로 변한 **파프니르**를 죽여 줄 사람을 물색했다.

흐자엘프렉이 덴마크 왕위에 올랐고, 레긴은 흐자엘프렉왕의 궁정에서 대장장이로 일하게 되었다. 흐자엘프렉왕에게는 **오딘**과의 전투 때 죽은 **시그문드**의 미망인 왕비 **효르디스**가 있었다. 그녀는 시그문드가 죽기 전 그와의 사이에서 생긴 아들 **시구르드**가 태어나기를 기다리고 있었다.

시구르드는 무사히 세상에 태어나 용감한 청년으로 자라났고, 레긴은 시구르드가 용을 죽여 자신의 복수를 해 줄 자질이 있다는 것을 간파했다. 효르디스에게는 다른 아들들도 있었지만, 오직 시구르드만이 비범한 능력을 갖고 있었다. 어느 날 레긴은 흐자엘프렉왕 앞에 나아가 시구르드를 제자로 삼아 자신의 지식을 전수하고 싶다는 바람을 털어놓았고, 왕은 그렇게 하라고 허락했다.

시구르드는 레긴의 가르침을 빠르게 습득했다. 룬 문자를 해독하는 기술과 하프 연주, 철을 휘는 기술, 식물에 관한 지식 등이었다. 어느 날 레긴이 시구르드에게 말했다.

"네가 아무리 재주가 뛰어나도, 왕께서 돌아가시면 네 의붓형제들이 왕의 유산을 전부 물려받을 거다. 오딘에게 도전한 시그문드의 아들 시구르드는 허드레 고기를 먹으며 궁정에 갇혀 지내기에는 아까운 인물인데 말이야."

이 말을 듣고 시구르드는 웃었다. 성품이 고결하여 질투도 시샘도 없었기 때문이다. 하지만 그의 마음에 의심의 씨앗이 뿌려진 것은 사실이었다. 어느 날 시구르드가 레긴의 대장간으로 들어오면서 물었다.

"이곳에서 미래를 불안해하며 시간 낭비하는 것 말고, 내가 무슨 일을 할 수 있을까요?"

늙고 교활한 레긴은 이렇게 대답했다.

"세상을 두루 돌아다니고, 무훈을 세우고, 너 자신을 영광되게 할 수 있지. 그것이 바로 너처럼 용감한 젊은이에게 어울리는 일이란다!"

시구르드는 자신이 가야 할 길에 대해 거듭 물었고, **레긴**은 그에게 자신의 이야기를 들려주었다. 당연히 가져야 할 권리를 형제에게 어떻게 강탈당했는지, 그 형제가 어떻게 해서 무시무시한 용으로 변해 버렸는지 말이다. 형제와 함께 아버지를 죽인 일은 숨기고 말하지 않았으며, 다음과 같은 말로 이야기를 마쳤다.

"그 용을 죽이고 보물을 빼앗아 온다면, 세상을 떠난 후에도 길이길이 칭송받을 거다. 사실 나는 황금에는 관심이 없어. 그저 정의가 이루어지기를 바랄 뿐이지. 내가 정말로 원하는 것은 그 용의 심장이야. 그 심장을 먹으면, 오랫동안 인간들을 가르친 소인족의 지혜를 얻을 수 있지."

젊고 자신만만했던 시구르드는 레긴의 계략을 감지하지 못했다. 그는 용을 무찌르기로 결심하고 원정을 준비했다. 레긴에게 그가 아는 지식을 총동

원해 용의 비늘 외피를 단칼에 벨 수 있는 검을 만들어 달라고 부탁했다. 레긴은 여러 낮과 여러 밤 동안 그 일에 열심히 매달렸지만, 시구르드가 모루♦에 칼날을 내리치니 단번에 부러져 버렸다. 레긴은 자존심에 상처를 입고 다시 검을 만들었지만 이번에도 칼날이 부러졌다.

어느 날, 어머니 **효르디스**가 낙심한 시구르드를 찾아왔다. 그녀는 장성한 아들의 뜻에 반대하기보다는 아들을 격려하고, 값을 매길 수 없는 귀한 선물을 주었다. 사실 효르디스는 남편 시그문드가 오딘과 마지막으로 싸울 때 **오딘**이 부숴 버린 불의 검 그람의 파편들을 옷 속에 간직하고 있었다. 겨우 몇 조각뿐이었지만, 그 조각들은 여전히 특별한 광채를 내며 반짝였다. 그람은 전설적인 볼숭 일족에게 남은 마법의 유물 중 하나였기 때문이다. 시구르드는 몸을 숙여 어머니에게 감사의 마음을 전한 뒤, 그 파편들을 얼른 레긴에게 가져다주었고, 레긴은 그것들을 벼려 진정한 명검을 만들었다. 이번에는 칼날이 아니라 모루가 부서졌다.

시구르드가 작별 인사를 하러 가자, **흐자엘프렉왕**은 **시구르드**에게 자신의 말 중 가장 좋은 말을 골라서 타고 가라고 했다. 왕의 말들은 하나같이 훌륭해서 우열을 가리기 힘들었다. 시구르드가 수십 마리의 명마 앞에서 망설이자, 웬 떠돌이 노인이 **그라니**라는 이름의 말을 타고 가라고 조언했다. 사실 그 노인은 **오딘**이었고, 그라니는 다리가 여덟 개 달린 신성한 말 슬레이프니르의 후손이었다.

♦ **모루** 대장간에서 불린 쇠를 올려놓고 두드릴 때 쓰는 쇳덩이

시구르드는 무장을 갖춘 뒤 말을 타고 북유럽으로 출발했다. 당나귀를 탄 **레긴**이 그와 함께했다. 평원과 숲을 지난 뒤, 그들은 용이 살아서인지 어딘지 음산한 분위기를 풍기는 그니타 땅에 다다랐다.

밤 동안 시구르드는 레긴의 도움을 받아 용이 매일 물을 마시러 지나가는 길목에 구덩이 하나를 팠다. 그리고 다음 날 동이 트기 직전 그람을 손에 꼭 쥐고 그 구덩이 속에 누워 있었다. 레긴이 그 위에 자기 망토를 덮고 흙과 낙엽들로 위장해 놓았다.

얼마 지나지 않아 **파프니르**의 무시무시한 발소리가 주위의

땅을 뒤흔들었다. 공기 중에는 악취가 진동했다. 용은 한 걸음 한 걸음 다가왔고, 그와 함께 공포심이 시구르드의 심장을 차갑게 조여 왔다. 용의 부드러운 배가 구덩이를 덮어 놓은 망토에 닿는 순간, 시구르드는 벌떡 일어나 분노의 외침을 토해 내며 그람의 차가운 칼날을 용의 배에 찔러 넣었다. 용은 분노로 거품을 물면서 흉측한 체절◆들을 이리저리 비틀었지만, 칼날이 기어이 용의 내장을 파열시켰고 용은 숨이 끊어졌다.

시구르드는 숨을 헐떡이며 용의 시체를 바라보았다. 심장이 마구 두근거리고, 승리의 기쁨 때문에 열기가 느껴졌다. 그 모습을 지켜보던 **레긴**이 몹시 기쁜 표정으로, 숨어 있던 덤불 숲에서 뛰쳐나오며 말했다.

"이제 약속을 지켜라. **파프니르**의 심장을 나에게 줘. 그런 다음 이 녀석의 보물을 보러 가는 거야."

시구르드는 용의 가슴을 가르고 아직도 김이 피어오르는 심장을 꺼냈다. 그리고 불을 피운 다음 그것을 꼬챙이에 꿰어 구웠다. 그 음산한 전리품이 제대로 익었는지 확인하기 위해 집게손가락 끝으로 건드려 보다가 시구르드는 손을 데고 말았다. 그는 고통을 덜기 위해 손가락 끝을 입에 갖다 댔고, 그러는 바람에 그 괴물의 피가 입술에 닿았다. 그 순간 갑자기 주변에 있는 새들이 하는 말이 그의 귀에 들리기 시작했다.

사실 **파프니르**의 심장에는 마법의 힘이 있었다. 그래서 시구르드가 그 심장의 피를 맛본 순간 새들의 언어를 알아듣게 된 것이다. 시구르드는 박새가 하는 말에 귀 기울였다. 박새는 다른 새들보다 더 또렷하게 말하고 있었다.

◆ **체절** 몸을 이루는 낱낱의 마디

"조심해, 볼숭 일족의 마지막 후손이자 무시무시한 용을 단칼에 베어 버린 **시구르드**. 복수심과 탐욕이 아직도 레긴의 마음을 가득 채우고 있으니까! 머지않아 레긴은 보물을 독차지하기 위해 너를 죽일 거야. 처음 너를 보았을 때부터 그렇게 할 작정이었지!"

시구르드는 몸을 홱 돌려 레긴을 마주 보았다. 레긴의 눈동자가 발하는 음산한 빛을 보니 박새가 하는 말이 이해되었다. 시구르드는 지체 없이 검을 들어 레긴의 머리를 베었다.

그런 다음 레긴이 눈독 들이던 파프니르의 심장을 먹고, 아까 파 놓은 구덩이 속에 몸을 담갔다. 구덩이는 용이 흘린 검고 끈적한 피로 가득했다. 그리고 용이 살던 음침한 소굴로 가서 그곳에 있는 보물들을 모두 자루에 챙겨 모아 **그라니**의 등에 실었다. 자루 속에서 반지 안드바라나우트가 새 주인에게 복종할 준비를 마치고 빛을 발했다. 잠시 후 **시구르드**는 집으로 돌아가는 길에 올랐다. 그런데 어느 산꼭대기에서 올라오는 강렬한 빛에 자꾸만 눈길이 갔다. 그는 빛이 올라오는 쪽으로 방향을 바꾸었다. 산을 향해 다가가 보니, 그 빛은 산꼭대기에 있는 커다란 화로에서 올라오고 있었다. 놀랍게도 불길 한가운데에는 갑옷을 입은 도도한 인상의 여자가 마법의 잠에 빠져 있었다.

시구르드는 **그라니**에게 여자를 두른 불의 울타리를 뛰어넘으라고 명했다. 그라니는 두려움을 모르는 유일한 말이었다. 시구르드는 갑옷을 검으로 잘라 그 수수께끼의 여전사를 마법에서 풀어 주었다. 여자가 눈을 뜨더니 이렇게 말했다.

"나는 **부들리**의 딸이자 영웅적인 전사자들을 오딘의 거처 발할라로 인도하는 발키리 **브륀힐드**예요. 오딘이 나에게 마법을 걸었는데, 당신이 나를 마법에서 벗어나게 해 주었네요."

시구르드는 브륀힐드에게 반했다. 두 사람은 함께 산 밑으로 내려갔고, 브륀힐드는 자신이 가진 모든 지혜와 지식을 시구르드에게 알려 주었다. 어느 날 시구르드는 브륀힐드에게 사랑을 고백했다. 그러나 브륀힐드는 그 고백을 거절했다. 오딘을 모시는 그녀는 오직 왕하고만 결혼할 수 있었기 때문이다.

시구르드는 브륀힐드와 작별한 뒤 홀로 말을 타고 길을 떠났다. **파프니르**를 물리치고 그의 보물을 손에 넣은 일로 자부심이 가득했는데, 브륀힐드에게 냉정하게 거절당하는 바람에 그 자부심도 빛이 바래 버렸다.

하지만 운명은 시구르드와 브륀힐드를 다시 만나게 해 주었다.

시구르드의 발길이 브륀힐드의 자매 베크힐드의 남편인 **헤이마르**의 집에 다다른 것이다. 마침 브륀힐드도 부모님을 만나러 그곳에 와 있었다. 이번에는 **브륀힐드**도 **시구르드**의 마음을 거절하지 못했고, 두 사람은 결혼을 약속했다. 그러나 여전사인 브륀힐드에게 시구르드와의 사랑은 체념을 의미했다. 앞으로 펼쳐질 미래가 불 보듯 뻔했다. 어느 날 그녀는 시구르드를 불러 이렇게 말했다.

"우리가 결혼식을 올리기 전에 당신은 약속을 깨고 **구드룬**이라는 여자와 결혼할 거예요."

이 불길한 예언에도 불구하고, 시구르드는 브륀힐드와 정식으로 결혼하기 전에 세상을 좀 더 둘러보고 부르군트의 왕 **규키**를 만나 보고 싶었다. 규키와 그의 왕비 **그림힐드**에게는 **군나르**, **호그니**, **구토름**이라는 세 아들과 구드룬이라는 딸이 있었다. 시구르드가 그곳에 도착하기 전 그 나라에는 이미 시구르드의 명성이 퍼져 있었다. 규키왕과 백성들은 시구르드를 기쁘게 맞이했다. 그림힐드 왕비는 시구르드를 사윗감으로 점찍었다. 궁전에서 시구르드를 위한 성대한 주연이 열렸고, 참석한 사람들은 시구르드의 용맹한 업적을 찬양했다. 그림힐드는 시구르드의 술잔에 약을 탔다. 약이 든 술을 마신 시구르드는 브륀힐드와 결혼을 약속했다는 사실을 까맣게 잊었다. 무자비한 운명의 체스 판이 다시 한 번 말들을 다른 방향으로 옮겨 놓고 말았다.

시구르드는 어머니 **효르디스**도, 의붓형제들과 차별하지 않고 그를 아들로 인정해 준 선한 왕 **흐자엘프렉**도 잊은 채, 부르군트 왕국에 정착해 규키왕의 신하가 되었다. 부르군트는 시구르드 덕분에 많은 전투에서 승리를 거두었고 영토가 확장되었다. 그 기회를 통해 잃었던 볼숭 일족의 영토를 되찾았고, 그럼으로써 자기도 모르는 사이에 아버지 **시그문드**의 원수를 갚고 자기 일족에 다시 위엄을 부여했다. 시구르드는 전쟁을 통해 규키왕의 아들 군나르, 호그니와 매우 가까워져 영원히 형제로 지내기로 맹세했다. 반면 구토름은 전쟁에 참여하지 않고 성에 머물러 있는 바람에 이 맹세에 함께하지 못했고, 남몰래 시구르드에 대한 질투와 원한의 감정을 키웠다. 전쟁터에서 돌아온 시구르드는 그림힐드 왕비의 계획대로 **구드룬**과 결혼했고, 구드룬과의 사이에 아들을 낳아 **시그문드**라고 이름 붙였다.

어느 날 **그림힐드** 왕비가 **브륀힐드**를 알게 되었고, 자신의 아들 **군나르**를 브륀힐드와 결혼시키면 좋겠다고 생각했다. 그리하여 군나르와 그의 형제들 그리고 **시구르드**가 브륀힐드를 만나러 **헤이마르**의 집으로 갔다. 그곳으로 가는 동안 시구르드는 예전처럼 산꼭대기에서 빛이 올라오는 것을 보았다. 하지만 그때의 기억을 모두 잊었기 때문에 그저 뭔가 이상하다는 느낌만 받을 뿐이었다. 헤이마르가 설명해 주었다.

"오딘이 브륀힐드 주위에 다시 불을 둘러놓았습니다. 오직 왕만이 그녀의 남편이 될 수 있다는 사실을 일깨우려 한 거지요. 군나르 당신이 그녀의 남편이 되고 싶다 해도, 타오르는 저 불길에서 그녀를 구해 낸 용감한 남자만이 그녀에게 청혼할 수 있습니다. 왕이 될 자질을 갖춘 사람이 그런 기적을 이뤄 낼 수 있을 테고요."

불꽃 울타리 안에 갇힌 브륀힐드는 군나르가 아니라 시구르드가 자신을 구원해 주길 열렬히 바랐다. 비록 시구르드가 약속을 저버리긴 했지만, 아직 그에 대한 사랑이 시들지 않고 남아 있었다. 군나르가 자신의 말 **고티**에게 박차를 가했다. 그러나 고티를 비롯해서 그 어떤 말도 불길 속으로 뛰어들려고 하지 않았다. 오로지 **그라니**만이 그 불길 속으로 뛰어들 수 있었다. 하지만 그라니는 주인 시구르드 말고는 아무도 등에 태우지 않았다. 고심 끝에 두 남자는 그림힐드의 마법의 힘을 빌려 겉모습을 서로 바꾸었다.

그런 다음 시구르드가 군나르의 모습으로 작열하는 불꽃의 울타리를 넘었다. 시구르드는 브륀힐드에게 자신의 정체를 밝히지 않았고, 브륀힐드는 망설이다가 군나르와 결혼하기로 결심했다. 시구르드는 군나르의 모습으로 브륀힐드의 침대에서 3일 동안 잠을 잤다. 둘 사이에 검 그람을 놓은 채로 말이다. 마법이 풀려 그와 군나르의 모습이 다시 바뀌기 전, **시구르드**는 **파프니르**의 보물 속에서 반지를 꺼내 브륀힐드의 손가락에 끼워 주었다. 그가 고른 것은 저주받은 반지 안드바라나우트였지만, 그는 그 사실을 알지 못했다. 앞으로 일어날 일을 내다보는 예지력을 지닌 **브륀힐드**도 불행이 한 번 더 닥쳐오고 있음을 알지 못했다.

어느 날 브륀힐드가 **구드룬**과 함께 사슴 사냥을 한 뒤 라인강에서 미역을 감고 있는데, 구드룬이 서로의 남편 중 누가 더 용감한지 논쟁을 시작했다. 구드룬은 똑똑한 올케 브륀힐드에게 절대로 이길 수 없다는 사실을 깨닫고, 최후의 방책으로 그녀를 불길에서 구해 준 사람이 사실은 **군나르**가 아니라 **시**

구르드임을 폭로했다! 그가 브륀힐드의 손가락에 끼워 준 반지 안드바라나우트가 바로 그 증거라고 덧붙이기까지 했다.

브륀힐드는 격분했고, 진실을 털어놓으라고 남편 군나르를 닦달했다. 진실을 모두 알게 된 그녀는 분노로 눈이 멀어, 결혼하고 3일째 되던 날 밤 시구르드가 그들 사이에 놓인 검을 치웠고 그들이 함께 잤다고 군나르에게 말했다.

자존심에 상처를 입은 브륀힐드는 남편 군나르에게 시구르드를 죽여 달라고 청했다. 하지만 군나르는 시구르드와 맺은 의형제 관계를 소중히 여겼기에 그 청을 거절했다. 브륀힐드는 그 불길한 임무를 구토름에게 맡겼다. 삼형제 중 유일하게 구토름만 볼숭 일족에 충성심을 느끼지 않는 데다, 시구르드를 향한 쓰라린 증오의 감정을 품고 있었기 때문이다.

그날 밤, 구토름은 잠들어 있던 시구르드를 칼로 찔렀다. 시구르드의 시신이 커다란 장작 위에서 불탈 때, 회한에 가득 찬 브륀힐드는 그 불길에 몸을 던져 스스로 목숨을 끊었다. 이로써 소인족도, 용도, 왕자도, 여전사도, 영웅도 반지의 저주를 피할 수 없음이 증명되었다.

107

원탁의 전설

아서왕과 원탁의 기사 이야기는 기사도의 정수◆를 보여 줍니다. 캐멀롯의 웅장한 성벽은 랜슬롯과 가웨인을 거쳐 퍼시벌에서 이웨인에 이르기까지 최고의 기사들을 배출한 기사도의 산실이 되었지요. 이 용맹한 기사들은 위풍당당한 전사들, 압제받는 자들을 보호하는 용감한 방어자들로서 한 집단을 이루었습니다. 그들은 왕과 왕국의 질서를 지키는 일에 깊이 헌신했지만, 기독교와 성유물을 수호하는 역할도 담당했어요. 그러나 그중 많은 기사들이 가장 무섭지만 눈에 보이지 않는 적, 다시 말해 자기 내면에 도사린 어둠의 일격을 받고 쓰러졌지요.

◆ **정수** 중심이 되는 줄기를 이루는 것
또는 요점

아서왕 전설

VII

잉글랜드의 우서 펜드라곤왕은 콘월 영주 **틴타겔** 공작의 아내 **이그레인**에게 홀딱 반해 있었다. 그래서 마법사 **멀린**에게 마법을 이용해 자신의 의기소침한 마음을 달래 달라고 부탁했다. 틴타겔 공작이 세상을 떠난 날 밤, 우서왕은 멀린의 도움을 받아 죽은 틴타겔 공작의 모습으로 변해 이그레인과 동침했다. 그러나 천성이 정직하고 정 많은 사람이었던 우서왕은 결국 그날 밤의 진실을 이그레인에게 털어놓았다. 이그레인도 왕의 사랑을 받았다는 사실을 내심 흡족해했다. 시간이 흘러 이그레인은 아들을 낳았다. 우서왕과 이그레인은 마법사 멀린의 조언에 따라 갓난아이를 영주 **엑터**에게 맡기기로 했다. 왕자라는 신분이 드러나지 않도록 친자식처럼 키운다는 조건으로 말이다. 우서왕은 엑터를 궁전으로 호출했다. 엑터는 왕의 명을 받아들였고, 그 대가로 많은 상을 받았다. 멀린이 직접 아기를 엑터에게 데려다주었고, 엑터는 아기에게 **아서**라는 이름을 지어 주었다.

여러 해가 흐른 뒤, 우서왕은 위중한 병에 걸려 몸져누웠고, 그 틈을 타 적들이 잉글랜드에 침입했다. 마법사 멀린은 얼른 병석에서 일어나 전장으로

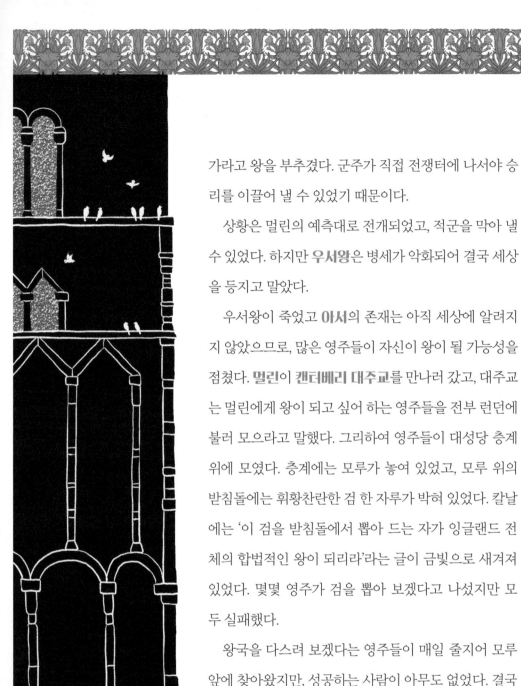

가라고 왕을 부추겼다. 군주가 직접 전쟁터에 나서야 승리를 이끌어 낼 수 있었기 때문이다.

상황은 멀린의 예측대로 전개되었고, 적군을 막아 낼 수 있었다. 하지만 **우서왕**은 병세가 악화되어 결국 세상을 등지고 말았다.

우서왕이 죽었고 **아서**의 존재는 아직 세상에 알려지지 않았으므로, 많은 영주들이 자신이 왕이 될 가능성을 점쳤다. **멀린**이 **캔터베리 대주교**를 만나러 갔고, 대주교는 멀린에게 왕이 되고 싶어 하는 영주들을 전부 런던에 불러 모으라고 말했다. 그리하여 영주들이 대성당 층계 위에 모였다. 층계에는 모루가 놓여 있었고, 모루 위의 받침돌에는 휘황찬란한 검 한 자루가 박혀 있었다. 칼날에는 '이 검을 받침돌에서 뽑아 드는 자가 잉글랜드 전체의 합법적인 왕이 되리라'라는 글이 금빛으로 새겨져 있었다. 몇몇 영주가 검을 뽑아 보겠다고 나섰지만 모두 실패했다.

왕국을 다스려 보겠다는 영주들이 매일 줄지어 모루 앞에 찾아왔지만, 성공하는 사람이 아무도 없었다. 결국 기마창 시합을 열어 왕을 뽑기로 했다. 그렇기는 해도 잉글랜드 최고의 기사라고 자부한다면 그 받침돌에 박힌 검을 뽑아낼 수 있어야 했다!

기마창 시합에 참여한 사람들 중 **케이**라는 기사가 있었다. 케이는 **엑터**의 아들, 그러니까 아서와 젖을 나눠 먹은 젖형제였다. 시합을 앞두고 케이는 검이 없다는 것을 깨달았다. 그래서 아서에게 검을 찾아다 달라고 부탁했다. 아서가 그들이 머무른 여인숙으로 가서 찾아봤지만, 검은 아무 데도 없었다. 사방으로 검을 찾다 보니 시합 시작 시간이 임박했고, 아서는 최후의 수단으로 성당 계단으로 갔다.

거기서 **아서**는 받침돌 속에 박힌 검을 손으로 쥐고 아무 어려움 없이 쑥 뽑아냈다. 그런 다음 곧장 말을 타고 **케이**에게 가서 그 전설의 검을 건네주었다. 케이는 칼날에 새겨진 글씨를 보고 검의 정체를 알아차렸고, 곧바로 **엑터**에게 그 검을 가지고 갔다. 엑터는 아서와 함께 검을 원래 있던 곳으로 다시 가져갔다. 아서는 힘 하나 들이지 않고 검을 받침돌에서 또 뽑아냈다. 주위에서 구경하던 영주들은 그런 새파란 젊은이가 왕이 된다는 사실을 받아들이지 못했다. 그래서 가능하면 많은 사람이 그의 능력을 확인하도록 검을 다시 받침돌에 꽂았다. 이번에도 아서는 자신의 능력을 확실하게 보여 주었다. 모두들 아서 앞에 무릎을 꿇었다. 아서는 기사 복장을 갖추고 즉시 왕위에 올랐다.

왕위에 오른 아서는 **우서왕**이 죽은 후 왕국에서 벌어진 모든 부정부패를 바로잡았다. 경험을 쌓고 원숙해진 뒤에는 잉글랜드 북쪽 스코틀랜드의 영토 전체는 물론, 일부 지역에서 저항이 계속되던 웨일스까지 정복했다. 매번 무력과 피를 통해 승리를 얻은 것은 아니고, 아서왕 자신과 기사들의 고귀한 위업을 통해 평화롭게 승리를 얻기도 했다. 치세 초기에 이뤄진 이런 상서로운 업적은 그때껏 한 번도 존재하지 않던 캐멀롯이라는 도시의 건설로 이어졌다.

어느 날 아서왕은 말을 타고 남웨일스의 칼리온으로 갔다. **오크니 왕 로트**의 아내 모르고스가 나와서 그를 맞이했다. 아서왕에게 전할 말이 있다고 했다. 하지만 사실 모르고스는 아서왕의 궁정을 염탐하는 임무를 띤 첩자였다. 그녀는 많은 사람의 호위를 받으며 그곳에 왔는데, 그중에는 그녀의 네 아들 **가웨인, 가헤리스, 아그라베인** 그리고 **가레스**도 있었다.

이때부터 **이웨인 혹은 사자 기사**라는 원탁의 기사의 첫 윤곽이 그려졌습니다. 아서왕의 또 다른 모험에 대해서는 120쪽에서 이어서 살펴보겠습니다!

이웨인 혹은
사자 기사

　이웨인은 붉은 머리 **에스클라도스**라는 기사에게 굴욕을 당한 사촌 **캘로그레넌트**의 복수를 해 주면서 무훈을 쌓기 시작해 훗날 용감한 원탁의 기사가 되었다. 이웨인은 에스클라도스가 지키던 마법의 샘에 가서 일대일로 싸워 승리를 거둔 후 그의 미망인 **로딘**을 만났다.

　두 사람은 곧 사랑에 빠졌고 결혼했다. 그러나 젊고 혈기 왕성한 이웨인은 1년 안에 돌아오겠다는 약속을 남기고 아름다운 아내 곁을 떠났다. 자신의 용맹함을 증명하고자 새로운 모험에 나선 것이다. 그러나 1년이 지난 뒤에도 이웨인이 모험에 도취해 돌아오지 않자, 참다못한 로딘은 이웨인에게 그들의 맹세가 깨졌음을 알렸다. 이웨인은 광기에 사로잡혀 벌거벗은 몸으로 숲 속을 방황하다가 마녀 모건을 만났다. 모건은 이웨인을 불쌍히 여겨 마법의 연고를 주었다. 이웨인은 이성을 되찾고 다시 길을 나섰다. 길을 가던 중 사자와 불꽃을 토해 내는 뱀이 치열한 싸움을 벌이는 광경을 목격했다. 그는 사자를 도와 싸움에서 이기게 해 주었고, 이후 그 사자는 이웨인 곁을 충실히 지켰다. 그때부터 이웨인은 '사자 기사'라고 불렸다.

　이웨인은 충성스러운 사자와 나란히 다니며 수많은 무훈을 세웠다. 거인족인 **산의 하핀**을 죽이고, 악마에게 저주받은 성을 해방해 주었다. 결국 이웨인은 아내 로딘에게 용서를 받았고, 마법의 샘의 새로운 수호자가 되어 아내와 함께 행복하게 살았다.

아서왕은 오래지 않아 로트의 아내 모르고스에게 마음을 빼앗겼고, 그녀로부터 아들 **모드레드**를 얻었다.

아서왕은 모드레드를 낳은 **모르고스**가 자신과 같은 어머니에게서 태어난 누나라는 사실을 알지 못했다.

어느 날 아서왕은 사냥을 나갔다가 잠시 늪가에서 쉬기로 했다. 그러다 깜빡 잠이 들었는데, 끔찍한 꿈을 꾸었다. 용, 그리폰, 그 밖의 무시무시한 괴물들이 그의 왕국을 유린하는 꿈이었다. 괴물들 중 가장 무시무시한 것은 코에서 불꽃을 내뿜으며 사나운 사냥개처럼 짖어 대는 뱀이었다. 그 뱀은 목을 축이기 위해 아서왕이 잠들어 있는 늪 근처에 잠시 멈추었다가 떠났다.

잠에서 깨어난 아서왕은 꿈 때문에 한동안 불안에 빠졌다. 그 꿈이

평소 희망으로 가득했던 그의 마음에 어두운 그림자를 드리운 것이다.

그때 웬 노인이 홀연히 아서왕 앞에 나타나 간교한 눈으로 그를 응시했다. 바로 마법사 **멀린**이었다. 갓난아이였던 아서왕을 **엑터**에게 맡긴 이후 처음으로 아서왕 앞에 모습을 드러낸 것이다.

멀린은 아서왕의 꿈을 해몽해 주었다. 뱀이 등장한 것은 남동생을 유혹한 여인의 흉측한 복수를 뜻했다. 자신의 은근한 수작을 거부한 남동생을 자신의 개로 하여금 산 채로 잡아먹게 한 것이다. 뱀은 우연히 **아서왕** 앞에 나타난 것이 아니었다! 그 꿈은 아서왕이 친누이 **모르고스**와 근친상간*을 저질렀음을 폭로하는 꿈이었다. 정작 아서왕 자신은 친어머니의 이름조차 모르는데 말이다. **멀린**은 이 끔찍한 폭로에 덧붙여, 5월 초하루에 태어난 아이가 아서왕과 왕국의 모든 기사들을 몰락시킬 거라고 예언했다.

캐멀롯으로 돌아온 아서왕은 5월 초하루에 태어난 아이들을 모두 불러 모았다. 그중에는 그의 아들 **모드레드**도 있었다. 아서왕은 그 아이들을 모두 배한 척에 태워 바다에 버렸다. 배는 작은 성 근처를 지나다가 난파해 산산조각 났고, 배에 타고 있던 아이들은 전부 죽었다. 단 한 명만 살아남았는데, 바로 모드레드였다.

그사이 **아서왕**은 멀린이 말해 준 출생의 비밀이 사실인지 확인하려고 모르고스의 어머니 **이그레인**을 불러오게 했다. 이그레인은 아서왕 앞에 나아가 그동안 덮어 놓았던 과거를 낱낱이 밝히기로 결심했다. **모르고스**는 틴타

◆ **근친상간** 가족인 남녀가 서로 성적 관계를 맺음

121

겔에 있었고, 이그레인은 또 다른 딸인 마녀 **모건**과 함께 아서왕 앞에 나섰다. 모건은 여자가 가질 수 있는 최고의 아름다움을 지녔지만, 그녀의 행실에 관해서는 많은 소문이 퍼져 있었다. 소문에 따르면, 그녀는 매혹적인 아가씨라고도 했고 끔찍한 악녀라고도 했다. 그녀는 반짝이는 샘물이 흐르고 바람의 벽에 둘러싸인 아름다운 골짜기에 사는데, 그 골짜기로 기사들을 유인해 사랑을 나누어 전투력을 몽땅 앗아 간다는 것이다. 마지막으로 그녀가 아발론이라는 꿈처럼 아름다운 섬에 살면서 전쟁에서 부상을 당한 전사들을 치료해 준다는 소문도 있었다.

어느 날 아서왕은 시종의 복수를 하려고 거친 기사와 싸우다가 부상을 입었다. 멀린과 함께 은자◆를 찾아가 부상을 치료받았다. 돌아가는 길에 **아서왕**은 그 기사에게 패한 것을 통탄했다. 그가 패한 것은 강력한 검을 지니지 못했기 때문이었다. **멀린**은 물이 마치 크리스털처럼 반짝이는 넓은 호수로 아서왕을 인도했다. 호수 한가운데에 손 하나가 솟아 있고, 무척 아름다운 검한 자루가 그 손에 쥐어져 있었다. 웬 여인이 나타나더니, 물 위를 걸어 아서왕과 멀린에게 다가왔다. 호수의 요정 **비비안** 같았다.

아서왕이 그녀에게 물었다.

"아가씨, 물 위에 솟아 있는 손에 들린 저 검은 무엇이오? 내가 저 검을 가져가고 싶소. 마침 나에게 적당한 검이 없어서 말이오."

그러자 호수의 요정이 대답했다.

"전하, 저 검은 엑스칼리버입니다. 제 것이지요. 저 검을 전하께 드리겠습

◆ **은자** 산과 들에 묻혀 숨어 사는 사람

니다. 대신 칼집을 절대 잃어버리지 마세요. 전쟁에서 아무리 큰 부상을 입어도 저 칼집이 전하의 생명을 지켜 줄 테니까요."

아서왕은 그녀에게 고마움을 표한 뒤, 배를 타고 호수 가운데로 가서 검과 소중한 칼집을 집어 들었다. 그러자 검을 쥐었던 손이 물결조차 일으키지 않고 호수 밑으로 조용히 사라졌다. 아서왕과 멀린은 다시 길을 나섰다.

아서왕은 멀린에게 아직 왕비를 맞아들이지 못한 것에 대한 걱정을 털어놓았다. 그런 다음 카멜리아드 왕 **레오데그란스**의 딸 **기네비어**를 마음에 두고 있다고 고백했다. 레오데그란스는 일말의 주저함도 없이 자기 딸과 아서왕의 결혼을 허락했다. 거기에 덧붙여 **우서**에게서 받은 원탁과 그 원탁에 둘러앉을 수 있는 150명의 기사까지 아서왕에게 선물했다.

아서왕은 원탁과 기사들에 대해서도 흡족해했지만, 특히 기네비어를 매우 기뻐하며 맞아들였다. 결혼식과 왕비 즉위식이 곧바로 거행되었다. 하지만 안타깝게도 기네비어는 아서왕에게 시집올 때 원탁만 가지고 온 것이 아니었다. 왕국 전체를 뒤흔들 위험도 함께 가져왔다.

물론 그 위험은 여러 해가 흐른 후에야 정체를 드러냈다. 위험이 시작되기 전 아서왕과 기사들은 영광의 절정을 누렸다. 용감무쌍하고 기품 있는 젊은이들이 방방곡곡에서 몰려왔다. 그들은 명망 높은 원탁의 기사단에 합류하기를 간절히 바랐다. **가웨인**, **퍼시벌**, **보호트**, **가헤리스**는 원탁 주위 150개 자리의 주인들을 한 명 한 명 찾아내었다. 호수의 **랜슬롯**이 캐멀롯에 왔을 때 아서왕의 운명이 결정되었다. 랜슬롯을 만나자마자, **아서왕**은 그가 자신의 기사들 중 그 누구보다 용맹하다는 것을 알았다. 멀리서 랜슬롯을 지켜본 **기네비어** 왕비도 그가 자신의 마음을 정복했음을 깨달았다. **랜슬롯** 역시 기네비어의 아름다움에 매혹되었고, 곧바로 기네비어 왕비를 향한 열정을 불태웠다. 왕국의 앞날을 생각하면 매우 불행한 일이었다.

앞서 원탁의 기사가 된 다른 수많은 기사들과 마찬가지로, 랜슬롯은 캐멀롯을 떠나 자신의 용기를 시험하고 많은 무훈을 쌓았다. 그런 다음 캐멀롯으로 돌아왔지만, 기네비어 왕비를 향한 그의 사랑은 조금도 식지 않았다. 아서왕을 배반하고 명예를 더럽힌다는 양심의 가책에도 불구하고, 두 사람은 연인이 되었다. 아서왕도 그들의 관계를 눈치챘지만 눈감아 주었다. 둘 다 아서왕에게는 너무나 소중한 사람이어서, 두 사람을 모두 잃는 위험을 무릅쓸 수는 없었던 것이다. 하지만 궁정 대신 중 절반이 그 일을 문제 삼아 갈등을 부추겼다. 그사이 **모드레드**가 캐멀롯에 와서 음모를 꾸몄다.

처음에 **모드레드**의 시도는 실패로 끝났다. 모두의 관심이 예전처럼 무훈을 쌓는 데서 멀어진 것도 사실이었다.

영국 어딘가에 매우 황폐해진 영지가 있는데, 그곳에 있던 마법의 물건이 더럽혀지고 그곳의 영주 **어부왕**이 죽어 가고 있다는 소문이 들려왔다. 마법의 물건이란 다름 아닌 성배였다. 성배에 관해서는 수많은 전설이 전해 내려왔다. 특히 성배의 능력이나 출처에 대해 많은 전설이 있었다. 하지만 성배가 무한한 풍요의 원천이고, 성배를 손에 넣으면 왕국의 번영이 영원히 보장된다는 것은 모두가 분명히 알고 있었다. 기독교 신자들은 성배가 그리스도

125

의 피가 담겼던 잔이며 황금으로 되어 있다고 말했다. **아리마태아의 요셉**이 그 성배를 영국으로 가져왔고, 성배를 보관하기 위해 성을 지었지만, 결국 옆 구리에 창을 맞고 죽었다. 죽어 가는 어부왕은 그 아리마태아의 요셉과 같은 일족이라고 했다.

아서왕과 성배에 관련된 일련의 모험을 이야기하기 에 앞서, **랜슬롯 혹은 수레의 기사**에 대해 알아봅시다.

랜슬롯 혹은
수레의 기사

　　랜슬롯은 원탁의 기사들 중 가장 뛰어났지만, 캐멀롯의 붕괴를 불러온 인물이기도 했다. 그는 **밴 드 베노익왕**과 **일레인** 왕비의 아들이었고, 아버지가 세상을 떠날 때 호수의 요정 **비비안**에게 납치되었다. 그 후 비비안의 수중 궁전에서 자라 용맹한 '호수의 랜슬롯'이 되었다. 랜슬롯은 아서왕의 궁정에 오자마자 **기네비어** 왕비와 열렬한 사랑에 빠진다. 랜슬롯은 노호트의 여인을 구원하고 둘루뢰즈 가르드 성채를 정복하는 등 많은 무훈을 세운 것으로 유명하지만, 무시무시한 전사 **갤러호트**로부터 왕국을 구한 공이 가장 크다. 이후 랜슬롯은 갤러호트와 가장 친한 동료가 되었고, 갤러호트도 원탁의 기사가 되었다.

　　랜슬롯은 점점 명성을 쌓았고, 오래지 않아 **어부왕**의 딸 일레인의 사랑을 받게 되었다. 일레인은 기네비어 왕비의 모습으로 변해 랜슬롯을 유혹하여 그의 아들 **갤러해드**를 임신했다. 이 사실을 알게 된 기네비어는 랜슬롯을 추방했고, 일레인은 미치광이가 되어 방황하는 랜슬롯에게 성배를 보여 주었다.

　　랜슬롯은 결국 캐멀롯으로 돌아갔고, 기네비어 왕비와의 관계가 발각되었다. 궁지에 몰린 랜슬롯은 고향인 갈리아로 돌아가지만, 아서왕과 그의 군대가 그곳으로 찾아와 랜슬롯을 공격했다. 나중에 아서왕이 죽게 되자, 랜슬롯은 그를 돕기 위해 영국으로 돌아간다. 그러나 왕국은 이미 쑥대밭이 된 뒤였다. 이후 기네비어 왕비마저 세상을 떠나고, 랜슬롯도 생을 마감한다.

원탁의 기사들 중에는 어부왕의 성에서 성배를 가져오고 싶어 하는 사람이 많았다. **랜슬롯**은 성배를 직접 본 몇 안 되는 사람 중 하나였다. 그러나 성배를 가져오지는 못했다. 이 고귀한 기사는 모험을 하는 동안 마법에 걸려 기네비어를 배신하고 어부왕의 딸 일레인에게서 아들 **갤러해드**를 낳았다.

몇 년이 흐른 뒤, 갤러해드는 매우 용맹한 청년으로 자라났다. 탁월한 기사 **퍼시벌**이 실패한 일에 성공할 정도로 말이다. 그는 퍼시벌이 하지 못했던 질문인 "저 성배는 무엇이며, 무슨 일에 쓰입니까?"라는 질문을 해서 어부왕을 구원했다. 그래서 어부왕이 성배 안에 담긴 것을 그에게 보여 주었고, 그것을 본 갤러해드의 얼굴에는 두려움, 공포, 기쁨이 교차했다. 성배가 발한 빛이 너무도 강렬했던 나머지 갤러해드는 그 자리에서 사망했고, **보호트**가 그 소식을 캐멀롯에 전했다. 어부왕의 영지는 빈사 상태에서 회복되었다.

놀라운 업적들을 이루었음에도 불구하고, 원탁의 기사단은 결국 해산되었다. **아서왕**은 늙어 갔고, 아들 **모드레드**가 꾸민 음모에 지쳤다. 모드레드는 랜슬롯과 **기네비어** 왕비의 불륜 관계를 폭로하겠다는 의지를 굽히지 않았고, 그가 꾸민 간계◆들이 오점 없던 원탁의 기사단을 타락시켰다. 모드레드는 불시에 두 연인의 밀회 현장에 들이닥치기로 계획하고 열세 명의 동료와 함께 왕비의 거처로 올라갔다. 그가 문을 두드리자, 무장을 푼 랜슬롯이 응답했다. 하지만 계단이 좁아 기사들이 한꺼번에 방 안으로 들어가 그를 잡을 수가 없었다. 마침내 랜슬롯이 방문을 열었고, 맨 앞에 있던 기사를 붙잡았다. **캘로그레넌트**였다. 랜슬롯은 그 기사를 죽이고 갑옷을 입었다. 그렇게

◆ **간계** 간사한 꾀

무장한 채 모략꾼들을 한 명 한 명 검으로 죽이며 길을 트고 나아갔다. 이미 도망쳐 버린 모드레드만 제외하고 말이다. 랜슬롯은 프티트브르타뉴에 있는 자신의 성으로 떠났다. 한편, 자신이 공표한 법을 실행해야만 했던 아서왕은 불륜을 저지른 기네비어 왕비에게 화형을 선고했다. 아서왕은 기네비어 왕비가 처형 장소로 조용히 나아가는 모습을 애통해하며 바라보았다. 그때 갑자기 바다가 갈라지듯 군중이 쩍 갈라지면서 랜슬롯과 그의 부하들이 나타났다. 랜슬롯은 왕비를 구하려는 결의로 가득 찬 검을 마구 휘둘렀고, 그러는 와중에 본의 아니게 자신의 옛 동료이자 **가웨인**의 형제들인 **가헤리트**와 **가헤리스**를 죽였다. 가웨인은 랜슬롯의 가장 헌신적인 동료였지만, 형제들의 죽음 앞에서 복수를 다짐했다. 랜슬롯은 기네비어 왕비를 구출해 자신의 성으로 데려갔다.

가웨인이 왕국 군대의 지원을 받아 랜슬롯의 성을 포위 공격했고, 랜슬롯에게 일대일 결투를 신청했다. 하지만 랜슬롯은 자신이 소중하게 여기는 가웨인, 아서왕과 맞서 싸우지 않으려 했다. 랜슬롯은 여러 날 동안 저항했고, 결국 아서왕은 기네비어 왕비를 영국으로 다시 데려가기로 했다. **기네비어** 왕비도 그러겠다고 했고, 랜슬롯은 그녀와 이별해야 했다. 하지만 명예를 회복하지 못했다고 생각한 **가웨인**은 **랜슬롯**을 죽이라고 아서왕을 설득했다. 그동안 **모드레드**가 섭정♦으로 영국을 다스리고 있었다.

아서왕의 군대는 **랜슬롯**의 고향에서 여러 달 동안 싸웠다. 랜슬롯은 기사로서 비난받을 정도로 **가웨인**의 결투 신청을 끈질기게 거부했다. 하지만 결

♦ **섭정** 군주가 직접 통치할 수 없는 상황에서 군주를 대신하여 나라를 다스림

국 굴복하고 결투 신청을 받아들일 수밖에 없었다. 가웨인은 온 힘을 다해 결투에 임했지만, 랜슬롯은 힘을 아꼈다. 옛 동료를 가혹하게 대하고 싶지 않았기 때문이다. 가웨인은 힘이 조금씩 빠지는 것을 느꼈다. 그 순간 랜슬롯이 공격을 가했고, 가웨인의 두개골이 부서졌다. 그는 랜슬롯에게 이제 그만 목숨을 끊어 달라고 부탁했다. 하지만 랜슬롯은 거절했다. 명예를 중시하는 기사로서, 이미 땅에 쓰러진 사람을 또 공격할 수는 없었기 때문이다. 시간이 흘러 가웨인은 부상에서 회복되었고, 랜슬롯과 다시 대결했다. 이때도 랜슬롯은 가웨인의 목숨을 끝장내지 않았다.

그러는 사이 **모드레드**가 영국의 왕위를 빼앗았다. 모드레드의 야망은 거기서 그치지 않았다. 자신의 의붓어머니 **기네비어**와의 결혼을 원한 것이다! 기네비어 왕비가 도움을 요청했고, 아서왕은 그 요청에 응답해 아들 모드레드를 죽일 결심으로 영국에 돌아갔다.

솔즈베리 평원에서 양 진영의 군대가 맞섰다. 이날 아서왕의 군대는 오합지졸이어서 제대로 싸우지 못했다. 아서왕은 모드레드를 저지하기 위해 명검 엑스칼리버를 휘둘러 그를 베었다. 하지만 모드레드는 숨이 끊어지기 직전 다시 기운을 차려 아버지를 공격했다. 불굴의 아서왕이었지만 어쩔 수 없었다. 부자는 나란히 숨을 거두었다. 멀린의 말이 옳았다. 5월 초하루에 태어난 아이가 아서왕의 종말과 캐멀롯의 몰락을 가져올 거라는 예언 말이다.

　숨을 거두기 전, 아서왕은 아직 목숨이 붙어 있는 몇 안 되는 기사 중 한 명인 **베디비어**에게 엑스칼리버를 호수의 요정에게 돌려주라고 말했다. 나중에 전해진 말로는 베디비어가 아직 숨을 거두지 않은 아서왕을 호숫가로 데려갔으며, 여인들이 젓는 커다란 배가 호수 위로 다가와 아서왕을 데려갔다고 한다. **베디비어** 그리고 함께 있던 다른 기사들은 **아서왕**이 부디 죽지 않기를, 그 여인들이 아서왕을 아발론섬으로 데려가 **모건**이 아서왕을 소생시켜 주기를 바랐다. 영국이 해방되기 위해 다시 그를 필요로 하는 날까지.

가웨인과
녹색의 기사

새해를 앞둔 어느 날, 캐멀롯에 **녹색의 기사**가 나타났다. 그는 자신의 목을 도끼로 치고 1년 뒤 만날 것을 제안했다. **가웨인**이 나서서 그의 목을 베었다. 그러자 녹색의 기사는 자신의 머리를 주워 들고는, 가웨인에게 1년 뒤 녹색 예배당으로 오라고 말했다.

시간이 흘러 약속한 날짜가 다가왔다. 가웨인은 길을 떠났고, **버틸락왕**의 성에서 잠시 쉬어 가기로 했다. 그 성에 3일간 머물렀는데, 버틸락왕이 가웨인에게 게임을 제안했다. 3일 동안 자신이 사냥해서 얻은 것과 가웨인이 낮 동안 성안에서 얻은 것을 교환하자는 것이었다. 버틸락왕이 사냥을 나간 사이, 왕의 아내가 가웨인을 찾아와 유혹했다. 가웨인은 그녀의 입맞춤을 두 번 받아들였다. 버틸락왕의 아내는 가웨인에게 죽음을 막아 주는 녹색 허리띠를 주었다. 녹색의 기사와의 대결을 앞둔 가웨인은 그 허리띠를 받았다. 그리고 다음 날 날이 밝자마자 성을 떠났다.

가웨인은 녹색 예배당으로 가서 투구를 벗었다. 녹색의 기사가 그를 세 번 내리쳤다. 하지만 가웨인은 가벼운 찰과상만 입었다. 가웨인은 무척 놀랐다. 그러자 녹색의 기사는 자신이 바로 버틸락왕이며, 마녀 **모건**의 마법에 걸렸다고 설명했다. 그리고 처음 두 번의 도끼질은 버틸락왕 아내의 입맞춤을 받은 데 대한 벌이고, 세 번째 도끼질은 허리띠를 갖고 있은 데 대한 벌이라고 말했다. 이후 가웨인은 처음이자 마지막으로 자신이 양심을 저버린 이 사건을 잊지 않기 위해 녹색 허리띠를 늘 두르고 다녔다.

퍼시벌 혹은
성배 이야기

사람들은 **퍼시벌 르 갈루아**가 기사가 될 거라고 생각하지 않았다. 그의 아버지와 두 형이 기사로서 싸우다가 세상을 떠나자, 그의 어머니가 그만은 기사가 되지 못하게 하려고 세상에서 멀리 떨어진 숲에서 그를 키웠기 때문이다. 그러나 어느 날 그는 용감한 기사들 한 무리가 숲을 지나가는 모습을 우연히 보고 감명을 받았고, **아서왕**의 궁정에 찾아가 원탁의 기사가 되었다.

퍼시벌은 숲에서 자라 순박하고 궁정의 관습을 잘 몰랐기 때문에, 고호트의 **곤먼트**의 가르침을 받으며 기사의 미덕을 배웠다. 특히 지나친 호기심을 보여서는 안 된다는 것을 배웠다. 기사로 빠르게 성장한 퍼시벌은 드디어 모험에 나섰다.

어느 날 퍼시벌은 **어부왕**의 성을 방문했다. 늙은 어부왕은 중병에 걸려 죽어 가고 있었다. 잠시 대화를 나누는데, 하인 한 명이 몹시 기묘한 모습으로 나타났다. 그 하인은 손에 창을 들고 있었고 창끝에는 핏방울이 매달려 있었다. 이어서 다른 하인 두 명이 황금 촛대를 들고 나타났고, 아가씨 한 명이 보석 박힌 잔을 들고 왔다. 바로 성배였다. 식사를 위해 요리가 나올 때마다, 그 기묘한 수행원들은 나타났다가 사라지기를 반복했다. 퍼시벌은 그 창과 잔이 무엇인지 궁금했지만, 호기심을 보여서는 안 된다는 기사도의 덕목 때문에 감히 묻지 못했다. 식사가 끝나고, 어부왕은 자신의 거처로 갔다. 다른 사람들도 모두 자러 갔다. 다음 날 퍼시벌이 잠에서 깨어나 보니, 성은 인적 없이 텅 비어 있었다.

퍼시벌은 성배를 둘러싼 수수께끼를 풀겠다고 결심하면서 다시 길을 나섰다.

얼마 뒤, 웬 노파가 캐멀롯에 나타났다. 노파는 어부왕의 성에서 성배에 관해 묻지 않은 것에 대해 퍼시벌을 몹시 나무랐다. 그가 성배에 관해 질문해야만 그 성을 짓누르는 저주를 걷어 내고 어부왕을 병에서 낫게 할 수 있었던 것이다.

FIN

이야기꾼 조제프 베르노

　이 책은 프랑스의 음유시인◆ 조제프 베르노가 다시 들려주는 전설적인 옛이야기입니다. 조제프 베르노는 마법사나 마찬가지입니다. 아이들의 상상에 환상적인 마법을 부리거든요. 늘 연필과 물감을 지니고 다니면서요.

　조제프 베르노는 정식으로 미술 학교를 다니지 않고, 혼자 책을 읽으며 공부했습니다. 이상한 나라의 앨리스, 반지의 제왕의 중간계, 마법에 걸린 숲에서 영감을 얻고, 깊은 바닷속부터 올림포스산 꼭대기까지, 아주 먼 선사 시대부터 영국의 빅토리아 시대까지 다양한 이야기에서 영향을 받아 자신만의 그림 세계를 꼼꼼히 세웠습니다. 또 자연을 그리거나 좋아하는 책의 삽화를 따라 그리며 많은 연습을 했습니다.

　2012년, 조제프 베르노는 초등학교 교사로 일하던 프랑스 브장송에서 작가 낭시 페냐를 만나는데, 그녀는 조제프 베르노의 멘토이자 뮤즈가 됩니다. 낭시 페냐는 흥미진진한 출판의 세계로 그를 안내했지요.

　두 사람은《끔찍한 이야기와 헨젤과 그레텔의 피 묻은 운명》이라는 소설에 공동으로 삽화를 그립니다. 이어서 조제프 베르노는《끝없는 이야기》의 삽화를 홀로 작업합니다.

　조제프 베르노의 그림은 향수를 드러냅니다. 삽화의 황금시대였던 19세기를 재현하려고 노력하지요. 이 시대를 대표하는 삽화가로는 에드몽 뒤락(1882~1953, 프랑스), 아서 래컴(1867~1939, 영국), 해리 클라크(1889~1931, 아

◆ **음유시인** 중세 유럽에서 여러 지방을 떠돌아다니면서 스스로 시를 지어 읊던 시인

일랜드), 카이 닐센(1886~1957, 덴마크), 오브리 비어즐리(1872~1898, 영국)가 있는데, 이들은 클래식 동화에 아름다운 삽화를 그려 하나의 완벽한 예술 작품으로 탄생시켰습니다. 표지에 금박을 입힌 고급스러운 양장본은 아이들을 위한 크리스마스나 새해 선물로 쓰였지요.

또한 조제프 베르노는 미술 공예 운동(Art & Crafts Movement), 신예술(아르누보, Art Nouveau)과 이슬람, 일본 혹은 러시아의 장식 미술도 열렬히 좋아하여 그 신비한 매력을 자신의 삽화를 통해 보여 주고 있습니다.

아르볼 N 클래식

영웅, 왕자 그리고 기사
다 알지만 잘 모르는 이야기

1판 1쇄 인쇄 2019년 11월 20일 | **1판 1쇄 발행** 2019년 12월 5일

글·그림 조제프 베르노 | **옮김** 최정수
펴낸이 권준구 | **펴낸곳** (주)지학사
본부장 황홍규 | **편집장** 박미영 | **팀장** 김은영 | **편집** 문지연 김솔지
디자인 이혜리 | **제작** 김현정 이진형 강석준 | **마케팅** 송성만 손정빈 윤술옥 이승혜
등록 2010년 1월 29일(제313-2010-24호) | **주소** 서울시 마포구 신촌로6길 5
전화 02.330.5297 | **팩스** 02.3141.4488 | **이메일** arbolbooks@naver.com
ISBN 979-11-6204-071-3 43860
잘못된 책은 구입하신 곳에서 바꿔 드립니다.

이 도서의 국립중앙도서관 출판예정도서목록(CIP)은 서지정보유통지원시스템 홈페이지(http://seoji.nl.go.kr)와
국가자료종합목록 구축시스템(http://kolis-net.nl.go.kr)에서 이용하실 수 있습니다. (CIP제어번호 : CIP2019045959)

Joseph Vernot, *Héros, Princes & Chevaliers*, © Marmaille et compagnie 2016
Korean translation copyright © Jihaksa Publishing Co., Ltd. 2019
This Korean translation rights arranged with Marmaille et compagnie
through The ChoiceMaker Korea Co.

이 책의 한국어판 저작권은 초이스메이커코리아를 통한 Marmaille et compagnie와의 독점계약으로 (주)지학사가 소유합니다.
저작권법에 의해 한국 내에서 보호를 받는 저작물이므로 무단전재 및 복제를 금합니다.

제조국 대한민국 **사용연령** 10세 이상
KC마크는 이 제품이 공통안전기준에 적합하였음을 의미합니다.

🌳 **지학사아르볼** 아르볼은 '나무'를 뜻하는 스페인어. 어린이들의 마음에
담긴 씨앗을 알찬 열매로 맺게 하는 나무가 되겠습니다.

홈페이지 www.jihak.co.kr/arb/book | **포스트** post.naver.com/arbolbooks